9788954625050

빗소리를 듣는
나무

김정기 시집

빗소리를 듣는 나무

문학동네

차례

1부 | 제5계절

지금	11
길기도 하여라, 어머니의 실꾸리	12
빗소리를 듣는 나무	14
십오 분 뱃길	15
현기증	16
상어잡이	18
서해 바다 소금	19
흙이여 미안하다	20
양커스 기자회견	21
조국	22
익명의 마을	24
제5계절	26
리모컨	28
고등어	30
젖은 행주 말리기	32
남은 손가락	33
목요일 외출	34
빨강에 관하여	35
나무를 베는 사람	36
우유 따르는 여자	37
공기 번데기	38
야생 찹쌀	39

뉴욕의 물 40
지구의 꽃 42
꽃과 인터뷰 44
샌들을 신은 여자 46
밤기차를 타고 48
2월의 눈물 50

2부 | 디아스포라의 노을

모래 장미 53
디아스포라의 노을 54
민족의 꽃 56
입춘의 말 58
추석열차 타고 태평양을 건넌다 60
초록 멀미 62
겨울 담쟁이 65
그해, 서울의 봄 66
그림도시 67
사람의 마을 68
쑥대밭 70
악기를 만드는 여자 72
沼 73
넥타이를 자르고 74
시인 유효기간 76
하늘에 맨 그녀 ─혜경궁 홍씨의 한중록에서 78
지리산 풀꽃차 80
억새꽃 81

달걀 깨기	82
벽돌에서 풋사과 냄새가 난다	84
화성의 물	86
종이구두	88
제5공화국	89
몸 안에 진주	90
두번째 가을	92
잎새의 가을	93
물의 이력서	94
수박	96

3부 | 마지막 여름이었네요

나팔수	99
바람모자	100
고추냉이	101
엄동설한	102
전어구이	103
부활절 아침에	104
꽃이 무섭다	106
남의 계단을 오르며	107
겨울 포복(匍匐)	108
칫솔을 버리고	110
망명가족	112
봄날은 간다	114
9월이 오면	116
무거운 깃털	117

이끼 낀 돌	118
강물의 사서함	119
잠 못 이루는 밤	120
마지막 여름이었네요	122
문들이여!	124
측백나무頌	126
사진 두 장	128
행렬	130
물김치	131
열하나라는 숫자	132
고양이는 색맹을 앓는다	133
바람과 파도만 가득 실린 해적선	134
꽃 수리공	136
D 트레인	138
이별을 헤쳐나가는 활	139
조선 고추	140

발문 | **신경숙**(소설가) 디아스포라의 삶	141
시인의 말	154

1부

제5계절

지금

의사는 쌓아올린 탑을 헐어
고민하지 않고 쓴 단어로 사람을 살리고
시인은 며칠 밤을 지새우고 찾은 말로
한 시대를 데운다.

지금도 몬탁 바다를 생각하면
세상을 놓고 싶다.
온몸에 불을 붙이고 때가 벗겨지는 검은 파도
어느 악연인들 무엇이 대수랴.
그 바다 앞에서 의사의 글씨를
기형도의 시를 읽은 밤의 화약 냄새를
그 지독한 길의 끝자락을 놓아버린다.

어둠의 근육이 태양의 눈을 가릴 때
그이가 떠난 길이 아득하지만
바다 앞에 서면 지척인 듯한
지금
이 주소가 어디쯤인지.

길기도 하여라, 어머니의 실꾸리

어머니는 실을 감으신다.
실타래에 두 손을 넣고
양팔을 벌리며
매듭지은 것 훨훨 풀어가며
손을 돌려가며

완자무늬 동백나무 실패엔
물레에서 뽀얗게 뽑아진 무명실이
소복소복 감긴다.

봉숭아 꽃물 들인 손톱에
반달이 떠오를 때
평생을 다해 한길 걷던 어머니는
실 감기를 멈추시고 길 떠나셨는데

꿈속에선 아직도
대청마루 돗자리 위 모시치마 입으시고
내 손 실타래에서
조선의 곧은 실을 올올이 감아

반도강산 충청북도에서
태평양 물결 건너 뉴욕까지
유전자에서, 노랫가락으로 풀려나오는
길기도 하여라. 어머니의 실꾸리.

빗소리를 듣는 나무

이제 나뭇잎 위를 구르는 빗소리
그 착한 언어의 굴절을 알아듣는다.
몸에 어리는 빗방울의 무늬를 그리며
한 옥타브 낮은 음정에 울음이 배어
수군거리는 천년의 고요 안에
당신의 대답이 울려온다.

밤새 내린 비에 몸 적시고 서서
잎새의 속삭임에 귀 기울여
휘청거리는 나무의 눈물을 당신은 모른다.
혼자만 갈 수 있는 길 위에 비가 내리고
비의 말을 헤아려 일기를 쓴다.
산이 깊을수록 빗소리는 커져서
한 줄기 빛이 되는 비밀을 터득하니
먼 곳에서 들리는 몸 떠는 소리를
이제 알아듣는다.

십오 분 뱃길

쇠 침대에 누워서 바다를 본다.
바다는 술렁이며 몸에 와 감긴다.
초록색 긴 칼은 망명의 첫 밤을 다시 베어내며
흰색 홑이불 속에 안온한 주검을 깨운다.
간호사 마리아는 찬 손으로 뱃고동을 울리고
바다는 아주 조금 흔들린다.
막혔던 기도가 안으로 울리니
모진 말들이 사랑의 너울을 쓰고
십오 분 뱃길은 길고도 짧다.
다른 사람들만 빠지는 줄 알았던
기계로 지어진 바다는 내가 버렸던 벌판이다.
왼쪽 가슴에 닿았던 칼날을 거두고
반짝이 구두를 신으면 땅은 다시 꽃을 피워
휘청거리는 몸을 받아준다.

닷새 걸려 외운 방사선치료실 영문 표지판이 꿈을 꾼다.

현기증

눈을 감으면 보입니다.
이별이 아깝던 날 청춘의 눈물이
눈을 뜨면 안개망에 걸려온 저녁빛
숨지는 햇살에 당신이 가고 다시 오는
질긴 동아줄을 보았습니다.

세상의 산들이 기우뚱하고 흔들릴 때
부서지는 뿌리에 매달린 나무들의 애달픈 사랑
때로는 속을 드러내서 빛나는 최후를 보았습니다.

오랜만에 풋풋했던 기억의 방에 들어가
드디어 당신을 놓아주었지요.
만지면 모두 하늘이 되는 땅 위의 형체도
이제 놓아버립니다.

막막한 길을 걷는 맑은 피가 균형 잃은 몸을
그래도 좋아하며 받쳐줍니다.
아득해서 더욱 가까운 시간의 눈빛을 마주 보며
이 자리가 황홀합니다.

나는 완벽한 흰빛이 되어 있습니다.

상어잡이

매일 마지막 보는 햇빛과 바람에게 손 흔들며
거친 바다에 뛰어든다.
물의 무게를 버티면서 조금씩 잦아든다.
날렵히 헤엄치며 다가온 상어는
얼굴 붉히고 눈 맞추고 돌아갔다. 다시 돌아왔다.

황량한 물살에 먹히는 시간들이 반짝이기 시작할 때
내 곁에 지나가는 모든 것들이 눈물겨워지는 것은
난해한 바닷속의 풍경으로 인함일까.
형광색으로 빛나는 삭신을 들켜 쥐고
돛을 편 형상의 지느러미에 숨은
찰진 속살에 반해버린다.
어디를 가나 상어떼는 있고
내 손엔 펄떡이는 상어들이 시원하게 살아 있다.
상어들은 모래사장도 밤바다도 환하게 밝히면서
삭아가는 정신, 그 근육에 힘을 실어주고 있다.

서해 바다 소금

서쪽에서 불어오던 바람결, 출렁이던 바닷물결
오늘 시장에서 사온 소금봉지에 쓰여진
인천항에서 당신을 보낼 때 깃발로 날리던 남빛 글씨
서해 바다 소금
달빛도 주저앉은 바닷가 염전에서 몸을 굳히던 짠맛
여기까지 찾아와 펄펄 살아나던 나의 지난날을 절여주는구나.

세상 어디에 가도 살아남기만 하면 되는데
켜켜로 소금 치고 내처버려도 썩지 않는 추억
긴 이야기도 녹일 수 없는 사랑이 자라고 있지 않은가.

아직도 당신은 만질 수 없는 곳에 머물러
내 나라 서해 바다 소금으로 기별을 주어
뉴욕의 풀들을 남김없이 절여
찬찬히 물에 녹여 그리운 해변에 바다 냄새를 만들어도
아직도 이 거리를 드나드는 햇살은 새롭게 낯설어
서해 바다로 다시 방향을 잡아야 하는 나침반.

흙이여 미안하다

뙤약볕을 견딜
눈물 몇 방울도 말라
강아지풀만 키우도록
버려둔 흙에게 미안해서
그 인연을 쓰다듬고 만져본다

여름 한철을
몸 한 번 뒤집지 못하고
무너질 듯 무너질 듯 버텨온
나의 육신, 흙이여 미안하다

외출에서 돌아올 때마다
한 떼의 구름을 가지고 와
보드랍게 덮어주면
흉터가 아무는 흙은
붉은 피가 도는 나의 수족이다
시간의 빈 곳을 지탱해주는
살의 한쪽이다
고국이다

영커스 기자회견

바람에 마지막 번지를 둔 오늘도
우리집 돌계단엔 꽃잎이 쌓입니다.
그 무거운 외로움을 입술에 물고서
상처에 싹을 키우는 말없는 언어에 귀를 엽니다.
측백나무 가지 위에서 선잠을 자고
지도에도 없는 강물을 밟고 오실 때도
어깨를 누르는 돌무더기 말없이 받아 져줄 때도
묻지 않았습니다.
나는 오래전부터 알았습니다.
그래서 더욱 모른다고 할 수 있겠지요.
언제나 길 없는 땅에 길을 내고
따뜻한 것만 모여 사는 마을로 나를 데리고 갔지요.
우리가 버렸던 사투리들이 몰려와서도
자꾸만 외면하는 사랑이라는 단어
끝내 알고 있는 고국산천을 가리고 마는 내 손바닥
몸을 숨길수록 드러나는 꿈속의 얼굴
머리칼만 보이는 미로의 연속입니다.

영커스 기자회견은 무산되었습니다.

조국

한글로 조국이라고 쓰면
잉크 자국이 종이 위에 번져나간다.
입속으로 조국을 발음하면
목구멍으로부터 뜨거운 것이
치밀어오른다.

3사단 연병장에 날리던 태극기
파크 애비뉴 56가에서 만날 때마다
그 뜨거운 얼굴에 가슴이 뛴다.

논두렁에 풋콩이 여물고
달 뜨는 저녁이면
냇가에서 버들피리 소리
조국의 숨소리로 들린다.

핏줄은 속일 수 없다고
거리에서 만나는 동포들
걸음걸이만 보아도 낯익어
눈이 부시다.

당신의 군복에서
해가 뜨고 달이 지고
산맥이 뻗어가고 바다가 넘치던
당신의 군복에서
조국을 보고 나를 보던

당신이 나를 버려도
나는 祖國을 버리지 못한다.

익명의 마을

오늘 비로소 네팔 하늘에
이 세상에 태어나서 태양을 처음 보았다네
갓난아이의 눈을 비춘 빛이 되어
눈을 뜰 수 없도록 눈부셨네
외로운 지구의 흙계단이
혼자 쏟아내는 햇살 곁에 서 있네

사람들의 마을은, 보이지 않는 것을 비집고
흠집으로 살아나 칭얼대고 허공에서 소용돌이쳐
다른 땅 다른 하늘에 서 있다네

한 번도 태양을 못 본 마을 사람들은
몰려와 태양에 대하여 묻고 있네
아직 태양에 대하여, 사람에 대하여 모른다고
더구나 죽음에 대해서는 더욱 모른다고
딱 잡아 대답했네
그러나 몸의 몇 배 등걸나뭇단을 지고 가는 소녀의 살결에
땀을 씻겨주었네

돌아누우면 남이 되는 사람들이 아닌
세상의 시간을 계수하며
그 눈동자들은
숨긴 이름을 찾으려 아직 머물고 있는
따뜻한 이름의 마을을 기다리네

제5계절

더이상 내릴 수 없는 어둠의 겹겹에서
창백한 겨울이 떠나고 있다

봄이 오기 전 2월은 제5계절이다
어떤 사람에게나 당도하는
창호지 물에 젖은 껍질들
탄력 없는 살갗이 매운바람에 흐느적거린다
상 모서리 뽀얀 먼지 틈에 튕겨
떨어진 옛날 한 조각이 나팔을 분다
감추어진 부끄러움 하나 아직도
스며들어 품안에서 녹고 있다

독일에서 온 빛나는 편지에
겨울을 견딘 제5계절이 유럽의 축제란다
다음에 장미주일,
퇴각하는 겨울의 마지막 비명이 들린다
이제 부활의 꽃들과 성처녀를 기다리는
햇살에 찔리며 날아가는 꽃잎들
파울 첼란의 시간의 뜨락에서

그 언어의 창살에서
우두커니 서서 바라본다 나도 날아오른다
朔風도 영어로 불어오는 땅에서
진 남빛 나라를 향해

리모컨

스무 편쯤 시를 읽고 안경을 벗는다.
버튼을 눌러 에어컨을 끄고
다른 리모컨으로
천장에 날개 선풍기 약하게
불빛도 약하게
그리고 잠이 든다.

신선한 분별력을 잃고
도처에 흩어진 통증도
살의 무게와 빠져나가고
벌레 소리 아우성인 밤
텔레비전까지 네 개의 몸종 리모컨이
나란히 잠이 든다.

푸른 색깔을 띤 꿈은 천천히 다가와
아주 천천히 여름밤을 걸어가고 있다.
리모컨들은 가끔 뒤척이며 잠꼬대를 하고
다시 깨어나지 못할 아침을 위하여
나뭇잎들을 초병으로 세우는

숨쉬지 않는 일회용 생명체
꿈속에서도 꿈을 조정하는데
리. 모. 컨.
그대들의 손은 언제나 떨리고 차고 매정하다.

고등어

갑자기 훌쩍이기 시작했다.
인도양을 떠돌던 배에 건져져서
뉴욕 항에 내려졌다.
등 푸른 고등어는 백인 양부모 품에서 자라
보석감정사로 일하고 있다며

급행버스 내 옆자리에 앉아
흰 실로 레이스를 짜는 여자는
쉴 새 없이 떨어지는 물기를
검은 손등으로 받아낸다.
은구슬 같은 눈물을 섞어 짜여진 치마를 입고
고향 바다 깊은 물속으로 돌아간단다.
그 바닷물에 잠기려고 던져지려고
푸르죽죽한 살결에 반듯한 이마를 들고
비릿한 냄새를 풍기며 그녀는
맨해튼 42가 사람들 틈으로 헤엄쳐갔다.
몸가짐 하나도 조선 여자가 되려는 나에게
고국으로 간다는 짧은 말 한마디 남기고

오늘 저녁상 준비로
고등어 배를 따니 검붉은 피가 흘러
도마에 아프리카 지도를 그린다.
한반도 지도와 함께……

젖은 행주 말리기

여자는 모래펄에 꽃을 꽂았다.
꽃의 말이 들리기 시작하면서 꽃의 표정을 훈련시켰다.
꽃의 자리는 꽃이 앉고 싶은 데 앉게 했다.
바닷물이 밀려와 모래펄을 훑고 지나가면 그 위에 다시
젖었던 행주는 땡볕에 말라 아궁이에 쑤셔박히고
생나무 태우며 눈 맵던 시절은 여자에게 찢어진 그림자일 뿐.
인간을 만나러 온 꽃의 어깨를 만지며
여자는 타올라야 꽃이 되는 에너지다.

부엌 선반 밑 주전자에도 물기 마르고
꽃밭에 숨어 있던 노랑나비 한 마리 창공으로 날아오른다.
배추 포기 냉장고에서 숨을 거두기까지
노랑나비는 돌아오지 않고
여자의 연출로 인산인해를 이루는 무인도에서
모래밭에 꽃들이 말을 걸어와 아꼈던 반지도 빼주고
여자는 그 영토 왕위에 오른다.
노랑나비는 왕관 위에서 팔딱이며 날개를 접는다.

남은 손가락

아프리카 어느 섬에서는
가족이 떠날 때마다 손가락 하나나
귓바퀴를 잘라
그 아픔으로 이별을 대신한다고 한다.

날카로운 열대의 잎으로 생살을 베이며
상처가 아물면 혈육을 잊지만 또 다음 이별이 오면
다음 손가락을 잘라 다섯 손가락이 없는 그는
어디 육신의 아픔이
사랑하는 사람을 잃은 통증에 비할 수 있느냐고 묻는다.
평생 정을 그리워하는 그의 유언이다.
남은 손가락으로 일하면서도
열 손가락의 힘을 일궈내는 사내의 미소가 화면에 뜰 때
나는 절벽 끄트머리에 무겁게 앉았다가
무중력의 세상으로 가볍게 떠오른다.

목요일 외출

노란 우산을 펴들었다 얼마 만인가 비 오는 날 홀로 외출이
우산 위로 11월 중턱의 빗방울이 구슬 구르듯 흘러내린다
가볍고 느린 추락에게 길을 내주며 걸어가고 부딪히고 멈추어 선다
메디슨 애비뉴 박물관, 떠난 사람들의 그림 앞에서
백 년 전 구름떼, 추수 끝낸 들판과 마주 서서 시간의 옷섶을 만진다
인간의 내심을 가는 선으로 빚어놓은 조각들에서 사람 냄새가 물씬거린다
결국 세상을 떠나기 위해 사람들은 자기의 분신을 만드는 데 땀을 흘리는 것일까
샤갈의 색채를 바라보며 코트 깃을 세운 젊은 여자가 환한 침묵을 훔치고 있다
분주한 바깥 거리에 서서 감히 말로 표현할 수 없는 그대의 하늘을 향해
노란 우산을 활짝 펴서 던진다. 던진다. 날린다. 날아간다. 빌딩숲 넘어 점 하나로

빨강에 관하여

빨간 빗살 두 개가 빠져 있는
화장실에서 손풍금 소리가 난다
초경의 갯비린내 바람에 쓸려가고
빨간 글씨 위에 누워 있는 언니 다홍치마 날린다
빨간 딱지에 징용된 애인
마른 숲을 헤치고 찾아간 연병장에
피어 있던 사루비아 꽃무리 쳐들어온다
이제 와 보니 빨강은 오랫동안 내 곁에 머문
동맥의 꿈틀거림이던가
헐거워진 신발 벗어보니
젊음을 목 조이던 빨간 구두 한 켤레
치과에 갈 때, 짜장면 먹으러 갈 때
빨간 립스틱 지운다
저 나라까지 데려가야 할
빨간 가죽모자

나무를 베는 사람

날마다 나무가 쓰러진다.
날카로운 전기톱에 소리도 못 지르고 쓰러진다.
가끔 물 위에 떠오르는 나뭇가지를 건지며
그가 물속에서도 톱질하고 있음을 알았다.
오래도록 나무를 베면서 나무 냄새 외에는 맡지 못해서
그는 언제나 고요하고 환하다.

아주까리 꽃대궁이 솟아오르던 날 저녁
나무들은 모조리 베어지고
톱밥이 온통 마을을 덮는데
그는 여전히 빛나는 톱을 들고
유유히 걸어가고 있다.

나무를 벤 자리에 새 움이 돋고
숲을 이루어도 그 사람은 계속 나무를 벤다.
멀리서 보이는 그의 모습은 푸르다.
그는 나무다.
가까이서 보는 그는 날 선 톱이다.
오늘도 바람으로 섞여져 나르며 나무의 맨살을 벤다.

우유 따르는 여자

아직도 여자는 우유를 따르고 있다.
삼백 년도 넘게 따른 우유는 넘치고 넘쳐서
어디로 해서 어느 강으로 몸을 섞었을까.
왼쪽 창문을 통해 들어온 태양은 여자의 왼쪽 팔에서 튀고
짙은 남색 앞치마에 안긴다.
그리고 머릿수건 뒤에 가서 빛으로 조용히 머문다.
허름한 부엌 벽 위에 걸린 바구니 속에 담긴
곡식은 아마 지금쯤 싹이 나서 셀 수 없는 낱알을 만들었겠지.
그러나 보았다, 식탁보 밑에 깔린 두꺼운 어두움
알 수 없는 그 나라의 냄새가 풍겨온다.
베르미어*는 신들린 붓으로 고요를 만들고
순하게 네모반듯한 감옥에 서서
끝없이 우유를 따르고 있다.
그 소리가 지금 나의 잔에도 스민다.
윗저고리의 황홀한 겨자 빛깔이 나부껴온다.
썩지 않는 빵들이 식탁 위에서 계속 발효되고 있다.

* Johannes Vermeer, 1632~1675: 네덜란드의 대표적인 화가로, 〈진주 귀고리를 한 소녀〉〈레이스 뜨는 여인〉 등의 작품이 있다.

공기 번데기

긴 바지 걷어올리고 물 위를 걸으리.
조약돌 밟고 나면 숲이 다가와 얼비친 세상 놓아두고
궂은 굴곡 건너 어제 감은 머릿결 쓰다듬으며
지금껏 열려본 일 없는 서랍에서 끄집어내는
웃음을 지어보리.

그의 공기 속에 들어가 살라고 하면.

쨍하게 열어젖힌 커튼 사이로 쏟아져내리는 햇살이
명주실타래 되어 온몸에 감겨오면
그의 창공을 향해 한 마리 누에로 껍질을 벗으리.

풋풋한 청춘의 문을 다시 두드리는 부질없음을
알면서도 내 눈에만 보이는 그의 나라 떨면서 엿보고
책장을 넘길 때마다 몸을 떠는 것은
그가 말하는 두 개의 달을 동시에 바라보며
정말 떠나는 것이 절정이란 말인가.
누구도 흉내 못 낼 공백에서 만드는
아아 하루키의 공기 속에 들어가 살라고 하면.

야생 찹쌀

걸어온 길이 멍투성이라
진보라 눈물범벅 되었네.
생쌀 맛에 반하여 씹어 먹고
굵은 소금 야생의 덩이 핥으며
감추어온 치맛자락 땅에 끌리네.

넓은 소금밭에 굴러서 소금꽃이 되는
누런 가을 볏단을 지고 벼꽃이 되는
나의 식탁에 피는 야생의 비린내.

그 처참한 빛의 굴절
밀림에 사는 족속으로 모두 던져버리려는 순간
비로소 생명을 살리는 원시의 맛
입속 쌀알은 녹지 않아도
쌀은 짠물이 된다.

씹어야 넘어가는 단단한 야생 찹쌀 한 알로
사람을 살려내는 촉촉한 불길에 싸여
우리는 어디로 가고 있는가.

뉴욕의 물

그대의 하늘에 남보라 잉크를 풀었다.
허리춤이 살아나는 관능의 물이
호머의 포도주가 되어 지중해를 채웠고
물가루가 그 멋에 분해되어 몸속으로 스며들 때
어려운 색깔이 숨죽이며 번져
그대는 한 방울, 유쾌한 뉴욕의 물.
몸속에 숨어 있던 파인 구멍을 가볍게 덮어주는 달빛
온기를 잃지 말라고, 물의 씨를 말리지 말라고,
옥구슬이 되어 분만되는 물방울은 여자에 엮이어
땅으로, 흙으로 스며든다. 스며든다.
바람이 들어가 흔들리면 시간이 할퀴어 삭아지면
이 물에 들어 있던 녹슨 칼 한 자루 다시 벼려서 쓸 수 없을까봐.
꿀물 엎질러진 지 오래되었고
쓰고 신 맛에 길들이지 못하고 토해내던
너무 맑아서 깨어질 듯 강물 한 줄기 품고 있다.
지독한 오한과 목마름도 여기 담겨 있었지.
저장되었던 그리움의 더께도 문질러 헹구었네.
비워놓은 강에 드나들던 저버리지 않은 약속.

아무렇지도 않게 물은 시간을 떠나가고 있다.
조금씩, 시나브로……

지구의 꽃

세상의 꽃들이 울고 있다.
피는 꽃마다 맺혀지는 눈물방울이
지구 위에 물이 된다.
빌딩 사이에 흰 꽃터널을 이룬
배꽃 그늘에서 그는 혼자 서 있다.
하늘에서 물줄기가 떨어진다는 놀라움이
난해한 직선을 그린다.
꽃에서 살냄새가 난다.
생살 썩는 내, 아기의 비릿한 새살 냄새가 난다.
돌계단 위에 떨어져 있는 꽃잎들이
우주에서 돌아온 사람의 발목을 잡는다.
영원한 것을 위하여 버려야 하는 꽃잎들이
땅 위에서 비를 맞으며 연주하는
멘델스존의 피아노 트리오 1번 D마이너
지구는 쥐 죽은 듯. 가끔 물감은 펑펑 쏟아져
몸에 달라붙는다. 회색에 점령당한 채
세상의 색깔은 없어져 오히려 단아하다.
청동색 파리 몇 마리 잡고 여름을 떠나보내며
그 색조가 지워지는 떨림을 듣고 새 계절의 만남이 저리고 저리다.
  시간이 걷어간 색채를 돌려받으려
  여자는 날마다 새로운 무지개를 그린다.
  계속 세상은 채색된다. 칠해도 칠해도 꽃은 아직 회색.

꽃과 인터뷰

내 몸에 꽃이 피다니
묻고 싶은 것이 너무 많구나.
시간에 앉은 흠집이 언제부터
싹터서 꽃이 되었고
소리칠 때마다 자라고 있었구나.

꽃잎, 한 겹씩 벗겨내서 말 걸어보자.
이제 다시 보니 너는 꽃이 아니었구나.

타관의 골목길을 돌고 돌아 나에게 안겨와
언제나 비로 다가와 눈물이 되었지.
반짝이는 것들을 향해 들어설 때
새벽잠 깨어 뒤척일 때
찔러대던 가시가 꽃이 되다니
시만이 살 길이라고 달려온 길모퉁이에서
세상과 잡은 손을 놓고 말았지.

언제나 불씨를 가진 꽃은 떠나가는 계절은 떠나보내며
그래도 너는 모두 거두어들인 들판에

말없이 나에게 와서 어깨를 기대는구나.
꽃의 입김이 따스한 것도 이제 알겠구나.

오장육부를 쥐어짜는 파두(fado)를 들으며
남몰래 흐르는 눈물을 닦던 꽃의 식탁에 물이 끓는다.
모두 돌아가는 뒷모습을 보일 때
그래도 꽃은 나를 향해 얼굴을 돌렸다.
섬광 같은 일별(一瞥)이지만.

샌들을 신은 여자

친구가 켜준 촛불도
아들이 보내온 꽃들도
며칠이 지나니 흐늘거린다

에드워드 호퍼는
내가 태어난 해 뉴욕의 극장가 남빛 드레스에
샌들을 신은 여자를 그렸다

여자는 칠십사 년이나 샌들을 신은 채 서 있고
밟은 땅을 파고 또 파면
충청북도 내 친구네 사과밭 어귀에
구멍이 날 수도 있겠다

하루에도 몇 번씩 풀어진 샌들 끈을 옥조이면서
선연한 사랑에 기절하는 도대체 저 여자가 낚아챈
마지막 설렘은 무엇인가
끝간데없이 피 한 방울도 섞이지 않은
동갑내기의 쓸쓸함인가

아직도 젊은 날의 약속을 믿고
그 자리에 서 있는 여자의 발엔
촛불이 켜지고 꽃들이 살아날 듯
팽팽한 샌들이 신겨 있다

밤기차를 타고

바람에 덜미 잡혀 밤기차를 타고
떠나는 늦여름 저녁 아홉시 반
그대 머리칼에 나부끼는 진고동색 윤기가
챙 넓은 모자 속에서 숨죽이고 있네.
개칠한 무늬 같은 주근깨 몇 알
콧날 위에서 흘러내려오고
가두었던 시간 어두움과 버무려
포로롱 풀려나는 멧새가 되네.
차창에 내린 커튼 젖히고
적막과 만나는 그대
아메리카의 땅냄새를 싣고 가는
밤기차를 타고.

때로 뱃속에서 꿈틀대는 화냥기를
명품가게에서 산 옷 한 벌을
우리집 정원에서 자란 청청한 소나무를
그 삭을 줄 모르는 끈끈한 송진 냄새를
부윰하게 떠오르는 산기슭을 향해
던지며 던지면서 내던지면서 오늘도 밤기차를 타고.

허전한 휴식이 기다리는
새벽에게 바치려 한다.

2월의 눈물

4번 지하철은 흔들렸다.
구석자리에서 두꺼운 책을 펴들고
책머리를 읽다가 울기 시작했다.
젊은 평론가가 내 손을 들어주었다.
몰락하는 자가 지는 것 같으나 결국 이긴다는.
하나를 위해 열을 버릴 수밖에 없는 사람의 표정은
순간 절정이 보인다고. 지면서도 이기는
그들이 지킨 하나는 아무도 파괴하지 못한다.
참혹하게 아름다운 글발을 보며 눈물 흘리는 나는
앞자리 흑인의 커다란 눈동자와 마주쳤다.
그 눈을 향해 환하게 웃었다.

겨울을 잘 통과한 계절. 2월의 눈물이
양키스타디움 역에서 축제로 열리려는 듯
문으로 부드러운 안개가 소리없이 밀려왔다.
잠시 트레인은 서고 얼룩진 책 귀퉁이를 어루만졌다.

2부

디아스포라의 노을

모래 장미

골수에 단맛 다 빨리고
가슴에 꽂은 장미
사람들은 절하고 울음 울고 떠나지만
시선이 꽂히면 와르르 무너지는 꽃.
비단 재킷에 달았던 코르사주
향기마저 갖추었네.
바윗결에 돋아난 그림 한 장
어두움은 언제나 당신 안에 스며들어
분명히 꽃이었던 자리에 피어나는 허공
물결을 잡으러 떠내려왔던 개울가 자갈에서
꽃이 보이는 날
모래 장미를 달고 외출하면서
조금씩 더 수줍어하리, 수줍음이 슬픔이라 한들
당신이 나를 용서할 수 있겠나.
어머니 적삼에 달았던 꽃도
이제 보니 한 움큼의 흰 모래였네.
매운 무를 씹어 삼킬 때마다
꽃을 달아주시던 모래 손.

디아스포라의 노을

푸른 숲 언저리에 돋아나던 바람
머리에 이고 온 구름에서
어진 백성을 둔기로 때린 이씨 조선의 엉긴 핏자국
여기에도 서려 있구나
네시 반이면 땅거미 지는 뉴욕의 겨울
벗겨지지 않는 어두움의 옷을 찢어발기며
삼십 년 묵은 노을을 걸쳐보는
아직도 어울리지 않는 패션

쓰라리다, 라는 어휘를 잊어먹고
경마장으로 쇼핑몰로 찾아 헤맸지만 찾을 길 없어서
집에 와서 펼쳐본 낡은 책자에서 찾아냈구나
모국어를 어루만지며 그 하늘에 깃발을 꽂았지만
아직 몽고반점의 아이들이 초록빛 바닷물에
두 손을 담그다가 지독한 사춘기를 치르는 거리
조금씩 일렁이고 있는 부드러운 옷고름이 보이지만
단단하고 건조한 풍경에 기함한다

두고 온 하늘의 황홀하던 노을

주름진 손등을 어루만지니 져버리는구나

민족의 꽃

민족 광야에 피어나던 꽃송이들은
태양도 떠오르지 않는
벼랑에서 시들었나니

어둠을 짖어대던 개떼들은
피 흘리며 져버린
겨레의 꽃을 짓밟아

찢어진 색동옷에
민족의 부끄러운 살점
드러내고 흔적 없이 타국 땅에서
잊혀졌는가
돌아갈 수 없는 고향
실개천 봄 아지랑이도 그리웠고
그대에겐 첫사랑의 연분홍 치마도
아름다운 소녀의 꿈도
있었다네
숨죽여 울어
달빛도 돌아앉던

질긴 외로움은 칡뿌리로 쇠었네

꿰어진 흰 고무신 벗고
끝없이 아픈 맨발의 딸이여
조선의 딸이여 시대의 증인이여

이제 칠천만의 울음으로 메아리치나니
들이대던 일제의 장검에
품고 있던 은장도 뽑아들고
여호수아의 기도의 무기 들고
역사의 젖은 무덤에 푸르게 피어나는 꽃들이여

잔혹하게 떨어진 고운 숨결
꽃답게 다시 움터 피어나리

입춘의 말

땅속에서 벚꽃이 피어
속삭이고 있다.
진달래의 비릿한 냄새 스며들어
신부를 맞으려고
흙들은 잔치를 벌이고 있다.
작년에 떨어진 봉숭아 씨앗이
겨드랑이로 파고들어
연노랑 웃음을 감추고 있다.
몸 안에서 무엇인가 터지는 소리가 들린다.
수천 년 가두어둔 바람이 새옷을 준비하고
덜 깬 잠에서 흐느끼고 있는 벌레가
나비의 발음으로 말을 걸어온다.
꿀벌의 몸짓으로 노래 부른다.

지하에 준비된 봄의 언어를
목청껏 뱉어보는 새벽
품에서 자란 새들이 날개를 달고
돌아올 수 없는 시간을 물고
반드시 약속은 지키겠노라는

입춘의 말을 듣고 있다.

추석열차 타고 태평양을 건넌다

창호지 문살에 기대어
해맑은 하늘, 한가위 달빛 아래서
오천 년 겨레의 순결을 지켜낸
우리만의 중추절(仲秋節)에
고국산천 부모형제 찾아
추석열차 타고 태평양을 건넌다.

뒤뜰에 대추나무 열매 붉게 익고
골기왓장을 돌아오는 달이야 하도 밝아
햅쌀로 송편 빚고 대청마루에 계신 어머니!
그 어질고 깊은 주름살 너머로 만져지는
따스한 조국의 살결
들국화 피는 들녘 바람결에 밟는
고향 산의 숨결 만나러 나들이 간다.

거칠고 바람 많은 시대를 온몸으로 헤쳐온
땀과 눈물의 타향살이 시름 잊고
솔바람 청정한 한민족의 몸매로 키워낸
세계에 우뚝 선 올해 추석명절

살찐 가을볕 아래 영그는 동포들의 어깨춤이
풍물과 아악으로 어울리는 한마당 잔치
뉴욕 땅에 펼쳐진다.

이렇듯 맑고 위대한 세월을 머금은
우리의 기막힌 아이들아
타고난 슬기로 살아 있는 증인으로
조상의 숨소리 스며들게 강강수월래
육자배기 풍년가도 함께 부르며
역사에 새겨진 이민의 금빛 나래 펴서
겸허히 익은 이민의 곡식 가득 실은
추석열차 타고 이 땅의 꿈을 이룬다.

초록 멀미

1

잎들이 밀려온다.
도처에서 초록 폭탄에 맞아 숨졌던.

우리는 오랫동안 푸를 줄 알고 외면해버린 아까운 나날
이제 다시 색칠해도 빛바래져 젖은 잎들만 누워 있다.
어둡지 않으면 볼 수 없던 반짝임을
이제 나누어 가지려 숲으로 간다.
당겼다 놓은 화살이 살갑게 박혀올 때
불길이 되어 활활 타오르는 초록의 얼굴
꺼지지 않는 불 속에 던져져서
초록 그을음에 온몸을 사르며 세상고개를 넘는다.
고향집 안방 벽지에 그려진 색깔에 구토하던
건방진 젊음이 흔들린다.
사방이 거무스름한 벽으로 다가오는 저녁마다
엽록소 한 방울에 타는 입을 축여
잊어버린 이름을 떠올리면서 살아난다.

넉넉한 품에 숨어서 숨쉬는 고요가
초록 번개에 기절한 낮잠을 깨운다.

2

무릎 위로 꽃잎이 날아든다.
내 자리를 비워줄 차례를 안다.
그러나 조금만 더 버티려 한다.
사는 것이 어디 길 가는 것처럼 되더냐.

초록은 연두를 몰아낸다.
하늘을 입에 문 초록은 잘 가라고 말한다.
연두는 초록에게 10월 막바지에 당신의 색깔이 파열될 때
나를 그리워하지 마라 나는 절벽을 걸어내려간다.
온 누리의 바람이 내 옷깃에 스며들고
나는 새털같이 가벼워진다.
무거운 초록을 입히지 않은
찐득한 6월에 닿지 않은 몸으로

시간을 건너가는 눈부심으로
유유히 절벽을 내려간다.
먼 곳에 있는 사람의 긴 손을 잡고.

겨울 담쟁이

땅을 박차고
시퍼렇게 얼어서 허공을 기어오른다.
잎 위에 눈이 쌓여도
녹을 때까지 답이 없다.
끝없는 질문의 문설주에서
속으로 뻗는 줄기를 억누르며
들키지 않게 속살을 키운다.
어둠이 그의 길을 막아도
태양을 만들어내는 몸짓으로
눈물도 없이 하루를 닫는다.
실핏줄에 동상이 걸려
얇은 살이 멍들어 번져가도
과묵하던 아버지의 품성으로
올라가고 오르고 또 오른다.
작게 움직이는 것만으로
혼자서 힘을 얻는 그는 숨결을 품고
창공에 집을 짓는다.
왕궁에 기왓장도 어루만지고
그보다는 빛나는 봄을 잡으려고……

그해, 서울의 봄

5월이 지나간다.
잔인한 달이었던가.
그해 서울의 봄은 모든 결박을 풀었건만
유리창이 깨졌다.
철통같은 중앙정보부 유리벽
핏자국 하나 남기지 않고 부서졌다.
자유민주주의를 외치며
빛나던 총구에 녹이 슬어 있다.
그 어깨에 별이 떨어졌다.
그래도 목소리는 떨리지 않았다.
그 명령의 쇳소리는 이제
다시 우는 새가 되었다.

플러싱 어느 모퉁이에서 우리는
모여서 쓸쓸히 촛불을 밝히고
다시 우는 새가 되었다.

이번 5월에도……

그림도시

샛길로 들어섰다.
지도에도 없는 도시를 택하기까지
풀포기도 마르고 회색만 무성한
세계 제일의 거리를 떠나기로 했다.
함께 가던 사람이 갈랫길에서 서로 갈라지기도 했다.

여기는 마음대로 색을 낼 수 있는
물감으로 가득 채워져
언제나 황홀을 만들어낼 수 있다.
빛깔친구들은 서로 어우러져
신비한 궁전을 세우고
우리는 시인나라를 만들고 있다.

여기는 왕도 없고 신하도 없이
모두가 최고 권력자로 번쩍이면서도
고개를 숙이고 걷고 있다.

바람의 살을 만지는 동행은
맑은 물로 그림을 그리며 살고 있다.

사람의 마을

버스는 52가를 지나며
사람의 마을에 다녀간
한 사람의 발자국을 응원하고 있다.

한 블록마다 얼굴이 다른 도시 맨해튼에서
어진 과거 끌고 갈 수레 하나 만든다.
젖은 그림자도 말릴 그들은
가슴에 금강석으로 오지게 박혀 핏줄이 되었다.

여름의 한복판에 비가 내리면
더욱 싱싱해지는 강아지풀, 벼포기 사이를 뛰노는
메뚜기들도 사람 냄새가 그리워 알을 깐다.
내 눈을 사정없이 끌어당기는 유리 빌딩에 머문다.

그대 입안에 숨죽인 말 한마디를 녹여 세계를 달리고
　남은 날들의 은빛 어깨에 기대어 아마존에 까치발 들고 열광하던
　이십층 낯선 집에 울리는 전화벨 소리 들린다.
　버스 지붕을 뚫고 내려오는 빛살에

사람들은 비로소 사람이 되어 눈을 뜬다.

쑥대밭

 옛날, 옛날 구성동 입구 쑥밭(蓬田)마을에는 착하고 부지런한 노인이 농사를 지으며 가난하나 즐겁게 살고 있었다. 어느 날 노인은 나무하러 산으로 들어갔다가 초립동자를 만나 그의 뒤를 따라갔다. 깊은 계곡으로 들어가니 초당이 하나 나왔는데, 이 초당에는 월명수좌(月明首座)라는 신선이 살고 있었다. 그 신선은 노인을 반갑게 맞이하면서 대접할 것을 만들겠다면서 콩 몇 알을 가지고 산 능선으로 올라갔다. 신선이 심은 콩은 짧은 시간에 싹이 트고 자라 노인이 보는 앞에서 열매가 익었다. 신선은 콩을 따다가 두부와 음식을 만들어 노인을 대접했다. 노인은 풍성한 대접을 받고 정담을 나누느라 집에 돌아가는 일을 잊어버렸다. 얼마쯤 놀다가 집 생각이 나서 신선과 이별하고 돌아와보니, 노인이 살던 마을은 모습이 변하고 낯선 사람들이 살고, 자기가 살던 집은 보이지 않았다. 마을 사람들에게 물었더니 기억을 더듬으면서 노인들이 돌아가신 지는 여러 대 이전의 일이고 그 후손들은 다른 곳으로 이사를 갔다고 하였다. 노인이 살던 집터에는 사람이 살지 않아 쑥이 자라 쑥밭이 되어 쑥대만 우거져 있었다.

나는 어디서 놀다가 왔기에 사방이 쑥대밭인가.

악기를 만드는 여자

해녀는 찬 바다를 헤엄치면서 악기를 만든다.
전복을 캐고 물미역을 뜯으며 첼로를 켠다.
첼로 소리는 해상으로 올라오면 곡소리가 되고
깊은 바다 밑에서는 가곡이 된다.
삭아빠지고 짓무른 육신은 조금씩 떨어져나가고
고무옷에 지느러미는 햇빛을 받아도 번쩍이지 않고 어둡다.
해녀가 만든 악기에서는 〈별이 빛나는 밤〉이 흘러나올 때
평생 키워오던 돌고래에 먹힐 위험으로 물을 차며 도망친다.
이 엄청난 바닷물이 모두 해녀가 쏟은 눈물이라는 것을
돌고래가 알기까지는 해녀가 바닷속에 가라앉고
봄이 떠날 무렵이었다.

沼

강물이 소용돌이치다 붙잡힌
동네에는 늪이 생겼다.
하염없이 출렁이다가
끌어당겨서 물굽이가 된 하늘
구름 위로 오십 년 된 일기장이
아득한 공백을 넘어가서
푸른 이마에 움직이던 것이 만져진다.

늪 속에 피어나는 이끼가
견딜 수 없는 곳에 심겨진 뿌리와 엉겨
드러나지 못하고 삭아 은유의 무늬를 만든다.

평생을 허우적거리면서 돌아오지 못하는 길을 떠난 물살을
되돌리지 못하고 고여 있어 때로 연잎을 키운다.
결국 우리는 웅덩이에 발을 빠뜨려서 헤어나지 못했지
해변에 밀려온 나무토막같이 생겨난 沼는
유장하게 버티고 있어 갈대는 우거지고
동네는 수런거려도 떠난 물결 찾으려 하지 않고
처음처럼 적요하다.

넥타이를 자르고

작년 이맘때 메디슨 애비뉴 장의사에서
우리가 넥타이를 자르며 당신을 추모한 지 벌써 한 해가 갔습니다
세계 아티스트들이 질 높은 언어로 당신의 업적을 기리며 애도했지만
검은 상복에 싸여 연기처럼 흐느끼던 아내의 눈빛만은 녹이지 못했습니다

우리 가족은 이민 초기 리버데일 아파트에서 새해를 맞으며
물론 미국 텔레비전에서 〈굿모닝 미스터 오웰〉*을 보았습니다
성이 백씨니까 분명히 한국 사람일 것이라고
암담한 미래에 대한 조그만 불을 켜며 반가워했지요
만나고 보니 당신은 우리 이웃에서 헌 TV수상기를 가지고 씨름하는
초로의 예술가였고 서울 서린동이 고향인 백씨 가문의 막내였습니다
겨울 새벽이 동터오는 뉴욕에서 우리는 당신의 엄청난 명성보다

어눌한 말씨 정겨운 아리랑을 그리워합니다

　넥타이를 자르고 일 년, 아직도 당신이 약속했던 그림은 못 받았지만
　마음속에는 백 장도 더 받았으니 염려 마세요
　레이저보다 빛나는 혼은 끝없이 뻗어 한민족의 자랑이 될 것입니다
　드센 바람도 향연도, 넥타이도 풀어놓은 영원한 나라에서 편히 쉬소서

　* 비디오아티스트 백남준(1932~2006)이 기획한 세계 최초의 인공위성 쇼로, 1984년 1월 1일 정오 전 세계에 생중계되었다.

시인 유효기간

자리를 양보받았네.
목덜미에 문신을 하고 도서관에서 책 읽는 남자에게서

피부는 언제나 내게 불리하지만
천하를 지배하는 내 안의 왕국은 언제까지인가.
허물어져서 삐걱거리는 대문 대신
청기와 집은 새롭게 지어지고
궁궐은 저 나라까지 이전을 준비중이니
영겁을 다스리는 시는 끝이 없네.
시인은 영웅을 닮아 운명과 대결하며
끝없이 싸우다가 결국 장렬한 최후를 맞는다고
그럴 때 빛나고 아름답다고
이처럼 매혹적이고 엄청난 것
혼을 떨리게 하는 것이 어디 있겠나.
서서 책 읽는 그 사람은 유효기간이 지나서
약발이 안 받는 육신만 보았지.
청청하게 돋아나는 언어의 늪은 열지 않았구나.
어김없이 처져가는 껍질 안에
팽팽하게 숨쉬고 있는 모국어의 효과는 끝간데없네.

직무유기를 하지 않는 한에서.

하늘에 맨 그네
─혜경궁 홍씨이 한중록에서

모든 시간을 냉동했다가 다시 펼칩니다.
캄캄한 절벽도 지나 햇볕 드는 아침도
달 뜨는 밤도 함께 맞아요.

휘영청 하늘에 몸을 기대어 궁전에 디딘 아픈 발
단아한 당신의 붓으로 뜨거운 조선의 피 찍어내고
수런거리며 하루하루가 문 앞에 당도할 때마다
아직도 꿈꾸는 당신의 눈물로, 하늘 위에 칠하는 넘치는 빛깔로
허공에도 색깔이 있음을 알았습니다.

허기진 바람도 잠든 역사의 땅에 책을 들고
당신은 아름다운 그림자로 누웠습니다.
어두운 그늘도 지나 대륙의 동터오는 새벽을
삼백 년 틈새를 헤치고 우리 함께 맞아요.
진물 나고 덧나서 쓰라린 이야기도 말끔히 씻고
창공이 무서워 썩은 어둠 지나서 휘휘 그네를 타요.
발톱에 찍히는 바람의 무늬 오그라들어 점 하나로 남는 공간
숨어서 껴안는 작은 그림자들이 빛나고 있습니다.

하늘에 그네를 매고 나니
우리가 함께 버렸던 하늘이 흙이 되었던
그 비밀을 일러주는 당신의 글발이 내 어깨를 만집니다.

여기 아메리카의 맨살로 일어서는 하늘에서
동양의 빛을 서로에게 발라주며
오류 없는 정답을 조금씩 풀어서
고요하게 평생을 접으려 해요.

지리산 풀꽃차

친구는 지리산에서 구했노라고
유리항아리에 든 풀꽃차를 나무탁자 위에 놓고 갔다
빨치산이 살던 산기슭에서 산과 싸우고
땡볕과 싸우고 싸우는 여전사의 이야기도 놓고 갔다

지금 그에게 말을 걸면 산꽃들이 살아날까봐 참고 있다

나를 데리고 지리산 기슭으로 가는 풀꽃차 한 잔으로
길들여지지 않은 산의 향기가 온몸으로 배어나
처참한 목덜미 살 한 치라도 당길 수 있으랴

밤이면 달빛 스며든 대궁에
소리꾼의 판소리 한 가락 새어나오고
어두움에 지쳐 번개 치는 날이면
그 계곡의 물소리, 우려낸 찻물에서 들려온다
친구가 다녀간 달포까지 집 안에 지리산을 들여놓고
정작 한 모금도 마실 수 없는 지리산 풀꽃차

그 산 냄새.

억새꽃

11월이 떠나는 들녘에 서서
꽃을 피우는 친구여

밤마다 그림자가 나온다.
연기가 나온다. 눈에서 입에서
버렸던 사람이 다시 찾아와
눈이 날리면 만날 수 있다고
알 수 없는 슬픔의 발원지에
힘든 나날을 이겨낸 나를 찾는 손짓이다.

늦가을 억새꽃으로 피어
바람을 타고 가는 길을 막는 손
물기 빠진 몸이
발 붙인 우물에서 물거울을 꺼내 본다.

가을이 가고 다시 가을이 오는
그림자도 연기도
꽃이 되는 나이.

달걀 깨기

1

달걀을 깬다

두 알은 써니사이드업
나머지는 스크램블

청산에 솔바람 이는 동지섣달
잠든 마을에서 목청껏 뽑던
칼칼한 목소리 어디로 가고
한 가족의 식탁에서 기절하기 위해
부끄러운 몸을 가리는 암탉의 아침

껍질에 가려 내놓지 못했던
친구의 어두움을 보아버린 날
그래도 치마폭에 자라고 있던 샛노란
꿈들은 다른 꿈을 낳아놓으려
달걀을 깬다
오늘도 시간의 모서리에 부딪히는

건강한 비명을 들으며 한결같이 진저리를 친다

                           2

토요일 아침 달걀을 깬다
둘이 부딪치면 하나만 금이 간다
둘의 싸움에서 한쪽만 부서지는 세상
사람들 같다

결국 하나 남은 성한 달걀은 이긴 것 같았지만
싱크대 모서리에 소리내며 깨져서
피 흘리게 마련이다

들창 너머 후미진 곳에 어두움을 만들던
여름도 서성이며 늪지를 감돌고
토요일마다 달걀을 깨는 손끝에 맺히는 울음

세상의 첫 소리를 낸다

벽돌에서 풋사과 냄새가 난다

벽돌에서 풋사과 냄새가 난다
컴퓨터 안에서 열리는 벽돌은
못 말리는 식욕이다

창을 때리는 새벽 빗소리다
숨겨놓은 애인이다

은빛 포장지다
눈 내리는 고향마을이다

언제나 처음인 것처럼 떨리는 詩다

사람보다는 나무가
꿰지 않은 구슬더미가
시인보다는 시가 좋아지는 겨울에
벽돌은 공을 맞고도 부서지지 않는다

안으로 안으로는 조여안아 금강석이 된다
사각형 가슴에 묻어놓은 벽돌에 빨려들어간다

계속 벽돌에서 풋사과 냄새가 난다
남은 시간이 아깝지 않다

화성의 물

화성에도 물이 있대요.
숨은 사랑의 열기가 식지 않은 따뜻한 물이
하늘에 떠다닌대요.
나그네의 발자국에도 물이 고여 어둠 속으로 스며들고
목마르면 손톱으로 샘을 파서 한 움큼 마시면 된대요.
파문이 일지 않는 강물은 밋밋해서 얼음판 같고
위로만 솟아오르는 분수는 아래로 떨어지지 않는대요.
물이 있는 곳은 언제나 어둠뿐이라 색깔은 분별할 수 없대
나봐요.
눅눅한 시간 옷자란 바람이 온몸을 휘감아도
오래된 사람의 눈빛과 만날 수 있다면
어떻게 되었든 이렇게 불투명한 물속에서나마
소소한 대화의 끈과 가까워질 수 있다면
제비들이 떼지어 남극으로 갈 때
묻어서 가다가 화성으로 가겠어요.
화성의 물을 마시면 잃었던 시간이 되돌아온대요.
안과의사가 말했어요.
하루에 두 번씩 화성의 물을 떠다 눈을 닦으라고.
그러면 세상 끝까지 볼 수 있다고.

화성에는 그런 물이 있대요.

종이구두

여자이기를 포기한 신발을 신고
파크 애비뉴 72가에서 꽃 배달 행렬을 본다
거베라와 흰 국화가 솔잎과 함께 잘 어울리는
식탁용 둥근 꽃꽂이를 둘씩 들고 흑인 청년들이
줄지어 가고 있었다
그들이 정장을 입은데다가 끝간데가 없어서
이것이 혹시 꿈이 아닌가 하고 사방을 둘러보았다
모든 사람들은 종이가 원료라는 명품 구두를 신고
물기 있는 곳을 피해서 걷고 있었다
얼른 내 구두를 벗어 오버 속에 감추고
맨발이 부끄러워 행렬로 뛰어들었다
갑자기 카메라가 돌아가고 이것이
영화 찍는 촬영장이라는 깨달음이 왔다
그런데 내 신발도 종이로 만들었다는 주인공 배우의
대사가 들려왔다 황급히 여자이기를 포기한 구두를
다시 신고 촬영장을 빠져나올 수 있었다
나도 오랜 날 동안 종이를 접어 구두를 만들고 있었기에

제5공화국

이름만으로도 살점이 떨리는
시궁창에 내던져진 저 군홧더미들
꿰맬 수 없는 군복의 구멍에서 해가 뜨고
어둠이 줄 다리고 간 자리마다
피에 젖은 청춘이 눈을 감고
아침이슬 떨기에 목숨을 건 그대의 절규가 들린다
이젠 감격도 없다. 물론 분노도
그러나 머리 풀고 껴안고 뒹구는 연민의 흙
그대여! 잊었겠지만 다시 잊어다오
이역만리에서 버림받은 그의 현역을!
사라진 이름들도 동료였다
우리는 함께 총을 쏜 사람의 부하였고 친구였다
세상은 하늘과 땅으로 갈라졌다
당신이 임금이 되기 위하여
뉴욕에서 추위에 떨던 한 가족이 있었고,
흑인에게 커피잔을 내밀며
스패니시 등을 두들기던 대한민국의 시인이
어떻게 눈을 부릅떴는가를 알리고 말 것이다
역사는 결코 거짓말을 안 한다. 할 때도 있지만.

몸 안에 진주

몸 안에서 뜨거운 진주
서 말쯤 쏟아내고
박물관 앞뜰에 혼자 앉아서
낯선 하늘을 본다.

그물망 친 손마디에
바람 가락지 끼고
끓어오르는 것들을 집는다.

"나는 괜찮아!"라는
마지막 말을 이마에 새기고
아직도 내 안에 있는
새로운 새벽을 기다리며
쉬어가려고 손을 편다.

몸 안에 진주가 잉태되어
다시 서 말이 될 때
황홀한 분만을 기다리면서
끝없이 타올라

당신의 손을 잡으러
가만 가만히 일어선다.

두번째 가을

손바닥 실금에서 피가 흘러요
그 줄기가 가을꽃으로 피어
따뜻하게 집 안을 덮어도
안개가 안개를 몰아내는 길
돌아가는 길은 멀고 아득해요
죽지 않는 나무들이 몰려와 둑을 막아도
가을은 벌써 봇물로 쏟아져들어와서
무릎 위를 차오르고 있어요
두 손에 받든 하루의 무게를 공손하게
맑고 아름다웠던 당신에게 드려요
손바닥 굵은 금에서 강이 흘러요
이 강은 소리없는 곳으로 흘러가
가을 억새밭에 당도한대요
천만 가지 빛깔이 어우러진
보기만 하여도 통곡할 것 같은
이 가을날이 조금 아주 조금 눈에 보여요
아주 조금……

잎새의 가을

지금 떨고 있다.
햇살에 꽂히려고 몸을 비틀면
더욱 눈부시게 떨리는 침엽수 뾰족한 잎

한 세상 부딪치며 잡던 손, 한번 다시 스치기만 하고
놓아줄 것도 없는 키 큰 나무가 무서워
허공을 뛰어내리는 잎새의 곡소리
안개도 문을 닫고 아는 기척도 없다.
분배된 땅에는 이름 짓지 않은 하늘이
여전히 푸르다.

빛나는 청춘은 휘어서 삭아가고
떠나는 옷자락 부여잡고 엉킨 실 풀어놓으려 하니
어느 거대한 바람이 번져서 물결이 되어
후드득 지난날 빗방울도 데려오는 기나긴 잠이 든다.
숨겨두었던 날카로운 눈초리 한 번 써먹지도 못하고
들켜버린 잎새의 가을

조용하다, 적막조차 떨린다.

물의 이력서

아무리 보아도 닳지 않는다.
달력도 없는 흰 벽과 반듯한 복도
이해할 수 없는 간판을 읽으며 헤맨다.
내가 물이었다는 것을 이제야 알고
꺼내지지 않는 젊음을 안으로부터 끌어올린다.

그 흰 벽에서 물이 흐르고
보이지 않는 손들이 나와서 확대경으로 살핀다.

오래전 산수유꽃에 이슬로 내려와
가슴이 빨간 새의 지저귐에 흘러
실개천 돌 틈 사이에 몸을 적시고
금강의 상류로 동해 바다로 떠다니다가
대서양 구름떼에 섞여버렸다.

북녘 어디에선가 떠돌이로 왔다는 그는
돌고 도는 세상이 어지러워서
반대로 반바퀴 돌아 땅을 잃었다.
땅의 물은 모두 산으로 올라가

둥근 원을 그으며 말없이 걸어내려오고
밤잠은 어디서 자는지 누구는 짚북데기 속에서
떡갈나무 밑에서 보았다고 했다.
호숫가에 갈대들이 찬바람에 흩날리던 날
그는 물속으로 걸어들어가더란다.
한 다발 꽃을 피워내려고
검은 두루마기 껍질을 연못가에 벗어놓고.
웨스트체스터 상공에서 소나기로 내려

잃어버린 진찰실에서 맑은 유리잔에 부어진다.
그동안 내가 맑게 스미는 한 방울의 물이었음을.

수박

평온의 숲에 칼끝을 대니
붉은 도시에 흐르는 냇물은 맑고 깨끗하다.
내 책꽂이에 꽂힌 난해한 시같이 길을 못 찾아
내가 내는 도시계획대로 사각형을 만들고
그날 친정집에서 먹던 달콤함이
이 동네에 넘친다.

당신의 임지에서 듣던 기상나팔 소리에 섞여 총성이
수박 안에 가득해 터져나올 때
사방에서 갈증이 물소리를 낸다.

수박은 이미 지난 시간을 향해 구르고 굴러
닿을 수 없는 도시의 길목을 지키고
수박씨 같은 글씨로 소설을 쓰던 큰오빠가
무겁던 젊음을 지고 걸어오고 있다.
내가 수박을 자르고 있는 이 밤에
세월은 물구나무를 서서 엉키고 당신을
땅 위에서 한 번만이라도
보고 싶다.

3부

마지막 여름이었네요

나팔수

나팔 소리에서 은가루가 부서져내린다.
몸에 있는 공기는 모두 빠져나가고
홀쭉해진 세포마다 소리가 난다.
나팔을 불면 떠난 사람이 돌아온다.
나팔 부는 사람은 나팔로 말을 한다.
길게 늘어지게 나팔을 불면서 세상을 돌면
세상에 숨어 있는 그대의 숨소리가 들린다.
음정마다 뽀얀 망토를 입고 텅텅 빈 몸으로
흐린 거울 속에 얼비치고 있는 목소리
한 번만 더 들을 수 있다면.
온몸의 피가 나팔로 빠져나가도
그대가 그 소리 들을 수 있다면.
나팔을 입에 물고 거리로 달려나가겠네.
흰 눈 같은 은가루를 뒤집어쓰고 터진 허파에
바로 그 나팔수 안에 그대가 숨어 있네.

바람모자

남빛 바람모자 쓰면 겨울 하늘을 날 수 있네
잔가지 쳐버린 우리집 나무들 틈을 비집고
탱탱하게 부은 구름떼 속으로 솟아올라서
끝내 사라질 것들을 지그시 내려다보며
바람의 손을 잡겠네
만질 수 없는 모자챙에 꽃을 달고
비도 눈보라도 뙤약볕도 막아버리고
땅 위에서 도달하지 못한 나라에서
곤히 잠이 들겠네

바람에 몸을 매달고 먼 곳으로
떠나서 그 빛나는 그대 우주의 맨살을 만나
얽히고설킨 이야기 풀겠네
구약 에스겔을 읽다가 모자를 벗고
싸락눈이 창을 때리는 소리에 선잠이 들겠네

고추냉이

아궁이 불을 끄고 들길로 나섰다
민들레는 피가 굳어 거친 숨을 내쉬고
강아지풀도 바람에 시달려 소리지른다
한풀 꺾인 가을 풀섶에서 보랏빛 꽃 한 송이
엷어가는 햇살에 몸 적신다

매운맛을 키우려 숨어 있는 고추냉이
속으로 숨을 고르며 독을 키운다

감추어둔 말을 쏟으며 날파리가 기어간다
기다리는 것도 지친 발걸음에 부서지는 가을

버려진 풀끼리 쓰다듬는 틈새에 보이는 것이 있다
빛 알갱이들이 무리지어 태어나는 고추냉이 속살
다시 불을 지피고 매운맛에 떨면서
아무리 두리번거려도 당신은 어디에도 없구나

엄동설한

하늘과 땅이 길을 내주지 않고 몸을 사린다.
뿌리에서 토해내는 숨도 모두 막는다.

아무것도 아닌 세상 자랑도
강이 풀리면 말을 시작하겠다는 맹세도
동토(凍土)를 끌어다 목까지 덮는 허우적거림도
부질없다는 것을 알고
그저 바람막이가 된다.

엄동설한에도
칼칼한 바람 맞으며 난초 잎같이
솟는 젊은 시인들, 팽팽하게 조인 흙 딛고
무섭게 일어서고 있다.

그래도 내 품속엔 얼지 않은 것이
둥글게 커가고 있음을
당신이 아시면 된다.

전어구이

지난여름 가장 뜨거웠던 날
마당 어귀 잔디를 태우던 불볕 한 타래
먹어버렸다
몸에서 나오는 보드라운 가을볕에
나뭇잎의 피부는 헐거워지고
작은 몸에 오팔 갑옷을 입었다
솔가지 불 속으로 뛰어든 한입 살점
집 나갔다 돌아온다는 속설에 덜미 잡혀
저녁상에 올릴 쓸쓸한 반찬

그동안 버렸던 동백꽃나무를 몸에 심고
언젠가 바다를 떠나
빛나는 모형의 비늘로 팔려가기를 기다린
차가운 눈빛은
연기에 묻혀 있다

부활절 아침에

어둠의 땅에 돌문 열고 나오시는
봄날 아침
당신을 다시 만나게 하여주소서

부활의 새날
낱장으로 흩어진 꽃잎
거두시고
불 꺼진 심지에 불 켜주소서

이제
진흙덩어리 이 몸
부수어 고쳐주소서

저의 손바닥에도
굵은 대못 박아
겸허한 마음으로 엎드리게 하소서

새벽이 천천히 문 여는
오늘 하루 기적 앞에

세상 파도 속에서 섬이 되어 있을 때는
가슴 열어 안아주소서

살아서 믿으면 죽지 아니하는
눈부신 날개
죽어도 사는 못 자국입니다
이제 새로운 봄을 경험하게 하소서

꽃이 무섭다

올봄 꽃들은 눈을 흘긴다
눈을 부릅뜬 꽃들이
유순한 꽃을 먹는다
작은 꽃이 큰 꽃대궁을 물어뜯고
아무렇지도 않게 말한다
꽃이 지고 있다고.

적막은 가끔 환한 대낮에 몰려와
꿈꾸게 한다
일장춘몽은 우리 모두의 몫일 터이므로
나만 헛갈릴 수 없어
이 꿈에서 깨어나련다
잠든 꽃들 모두 깨우고
무서운 꽃들 쳐서 부수고
에덴으로 돌아가련다.

그래도 꽃이 무섭다
2007년 봄꽃이 무섭다
2107년이면 흔적도 없을 것들이.

남의 계단을 오르며

동방 어디선가
풀려나온 꿈의 가닥을 들고
낯선 계단을 오르내렸네
어느 나라 속담엔가 남의 계단 오르기가
가장 고달프다는 얘기가 있었네
삐걱이는 나무층계 사이엔
보랏빛 오동꽃을 품고 있었네
돌계단에서는 몸을 열면서
덩치 큰 돌덩이를 껴안고
오래오래 굴렀네
당신의 흙과 한숨이 묻은 옷자락을
하염없이 털면서
그 목소리를 붙들고 열두 계단
놀랍고 설레는 노래 불렀네
남의 계단을 오르며
층계는 아직도 많고 많지만
한 발자국마다 어둠을 몰아내는
황홀한 순간이 묻어난다네

겨울 포복(匍匐)

혼자 썩어가는 영하의 노을
회색 장막을 치고 문을 닫는다
새벽에 눈을 뜨면 가슴에 찬 바다가 출렁인다

몸을 핥는 땅은 섬뜩한 칼날이다
맨살 위에 새겨진 황토 흙의 흠집이다
허물 벗는 세포들의 몸부림에
흰빛 하늘이 내려와 어깨를 덮는다

떠나는 그대의 언 옷을 부여잡고
산 위에 떠 있는 노을을 적신다
낮아지고 낮아지는 허공을 말린다

두 줄기 양란을 배달하는 아이의 발걸음에서
빠르게 와버린 겨울의 속살이 보인다
공원의 나무들 눈물겨운 숨소리 땅에 묻지만
멀리서 바라보면 안개로 서려온다
뼈아픈 것끼리 이루는 화음이 헐거워진다

겨울 박물관에서는 엉겅퀴꽃 한 송이에 내게 있는 모든 햇빛을 쏟아붓는다

낯익은 한글 간판이 목청껏 소리지르는 한인타운에서도
동행 없이 스스로 작아지는 어둠이었다
서른다섯 번 맞는 겨울이건만 타관은 타관이어서
세상 어디에도 없는 찬바람이 와서 손을 잡는다
그래도 붙잡혔던 우리집 단풍나무 잎새 몇 잎이
짧은 겨울 해 어깨 위로 조용히 몸을 눕힌다
죽음은 세상에서 가장 아름다운 예식이던가

그러나 나는 겨울 포복에 취해서 더욱더 현란해진 불빛에 비틀거린다

칫솔을 버리고

오늘 아침
떨리는 손으로 그이의 칫솔을 버렸네

물망초다방에서 살짝 보이던
스물여섯 살 그이의 덧니
그 풋내를 버렸네

잘생긴 입언저리
달콤한 밀어를
버렸네

내 눈에 띄지 못하게
그이가 몰래 닦아 끼우던
부분틀니를
버렸네

그이를 버렸네
나를 버렸네

차마 눈을 못 뜨고
버리느라 두번 세번째에야
버려졌네

망명가족

약속하고 떠난 사람은 돌아간다
내 살 발라내고 머리 풀어
외로움을 견디던 날
땅이 갈라지며 얼굴을 돌릴 때
바람을 끌어안으니
노래 되어 일렁이던 아리랑

세상에 빗금 긋고 허기 달래던 흙 속에
억장 무너지는 소리 파묻고
서로의 흠집 어루만지는
단군의 혈통 단세포
망명가족은 돌아간다

어머니 뼈 묻힌 그 산으로
보리이랑에 푸른 바람이
물결치는 들판으로
연잎에 물방울이 구르는 호수로
그대의 총알이 명중한 현장으로
암으로 투병중인 문단 선배의 정릉 자택으로

충청북도 버들강아지 눈뜨는 계곡으로
봄눈이 되는 우리 가족의 땅으로
백번 죽어도 내 나라, 그 흙으로

봄날은 간다

꽃무리가 불을 지피는 봄날
건넛집에 불이 난 줄 알았네.

몸 안에서 피어나는 안개가
가냘픈 실핏줄을 건드린다.

어두움은 가끔 힘줄을 만들어
어디까지 흘러 마지막 길을 트일 것인가.
어느 봄날 묻어두었던 인연이
큰 소리 내며 다가오는 황홀함.

갑자기 눈부신 세상과 아득한 것이 이루는 합창
내가 가는 길목에 우두커니 서 있는 봄
대책 없이 그늘지우는 밑으로
그립다는 언어에는 눈을 돌리던
넝쿨들이 나에게 기어올라오고 있다.

어디를 가나 당신의 흙이 묻어나는 터에
이 알뜰한 봄을 써버리고 있다니

꽃송이 하나하나에 말 걸어보면
답장 없는 연서에 달콤한 말들을
내 이마에 쏟아붓는다.

가는 봄날 한 자락을 붙잡고.

배꽃도 지는
봄날

그대는 봄이네.
떠날 수 없는 나의
봄날이네.

9월이 오면

9월이 오면
완행열차 타고
한반도, 전선(戰線)으로 달려가
그 들녘에 가을꽃으로 피겠어요.

당신의 결정을 더이상 묻지 않고
우리에게 부어주셨던 신성함을
다시 눈부시게
선물로 받겠어요.
엎드려 승복하겠어요.

9월이 오면 새 하늘을 열고
굵은 붓에 물감을 묻혀
어두움에서 색깔을 만들겠어요.
뼈를 녹이는 눈물을 거두고
곡식으로 여물겠어요.
그리고 옷깃 여미고
당신의 목소리를 기다리겠어요.
9월이 오면.

무거운 깃털

남들이 다 달고 나는 깃털이
물에 젖지도 않았는데 무겁고 아프다.
다시는 잠들지 못할 것같이 날밤을 새우면서
싸이도 아니고 소녀시대도 아닌 걸맞지 않은 노래
그 음정폭포에 맞아 주검이 된 영시의 햇살이 황홀하다.

도처에 흩어진 통증을 모아서 버려주는 당신의 손길
감옥에서라도 돌아와서
얼마나 고생했느냐고 물어주길 바라며 기다린다.
형량이 얼마이기에 경축특사도 없단 말인가.
아무리 불러도 뜨거운 명칭 사랑이여.
그래도 신선한 그림자
솔잎 사이 햇살 한 올도 아까운 나이에
모두가 손 흔들고 떠나버린 낯익은 밤거리에서
침낭 안 깃털을 뜯어 말린다.
새벽이 오도록 보푸라기 깃털은 쌓여가고
아무리 둘러보아도 땅 위에 나도 없다.

이끼 낀 돌

속 깊이 자라고 있는 멍 자국을 만져가며
푸른 것은 푸른 것끼리 덧나서
이끼 입고 있는 돌은 외로움을 만들어
피라미들이 떼지어 와도 요동치지 않는
어금니 앙다물고 두 주먹 움켜쥐었구나.

구르는 돌은 이끼가 끼지 않는다고
굴러야 빛난다고.

여름 저녁 빛이 창으로 쳐들어올 때
아직도 홍조 띠며 황홀해하고
평생 한 가지만 붙잡고 웅크리고 앉아
반짝이지 못하였다네.
온몸에 푸른 멍 들고도 울지 못하였다네.

강물의 사서함

강물이 풀리면 도시엔 봄이 온다네.
샛강이 낳은 수많은 바람들이 목을 축이며
찰랑이는 물결 위에 눕네.
아무 말이 없어도 몸은 풀리고
허물어지는 살결에 새겨진 이름 석 자

달려오면서도
일그러지지 않은 문패를 곳곳에 달고
잊어버린 주소 앞에 흘러가네.

강기슭에 부대껴 깨어진 물방울끼리 모여
독한 그리움으로 엉겨붙고
손 놓아준 강물에게 소식을 물어보네.

어디쯤 모래펄에 웅덩이를 파고
함께 흐르지 못하는 외로움도 묻어두고
뒤에 오는 물결에서 번지수를 찾는
봄 편지.

잠 못 이루는 밤

당신을 공원묘지에 눕히고 돌아온 날
안방 카펫에서 손톱 한 조각과
눈 마주쳤네.

집 안 구석구석
달고 아린 시간의 굽이마다
어두움을 뒤엎고 광채로 다가오는
사랑아.

이 밤 마취된 도시에서
떠났다가 되돌아
빈 강을 건너오는 발소리
벼락치는 듯 들리네.

아직 식지 않은 베갯머리
한 올 그대 머리카락 위에
장미는 떨어지고 견딜 수 없는 적막에
부어지는 그대의 온기
전화번호 0번 돌리면

누리에 가득한 기도 소리
밤은 큰 소리 한 번 못 치고 깊어가네.

마지막 여름이었네요

강에도 길이 있고
바람길도 있다는데
아직도 길을 못 찾고 여름 한가운데 서 있던 당신이
작년 여름 보았던 그
흰 꽃들이 피고 지고 있네요.

직선으로 쏟아지다 몸져누운 소나기
지친 여름의 밖을 헤매고 있고
젖은 새들도 물기를 터는 저녁
조선오이 얇게 썰어
소금 식초 설탕 넣어 조물조물 무치다
참기름 한 방울 넣으면
새콤달콤 고소하다고, 입맛이 돈다고
키모테라피도 물리칠 듯 새 힘이 솟는다고

올해도 오이무침 만들어 장미목 반들거리는 식탁에
연둣빛깔 곱게 올려놓고 오이넝쿨 자란 기슭에
이슬마저 쓸어다 얼굴 씻고
기다리고, 기다려도……

그러면
연회색만 보이던 작년이
마지막 여름이었네요.

문들이여!

The Gates.
아직 봄은 멀건만
센트럴파크 불타는 길에서
사람들은 만나고 헤어진다

바람이 불 때마다 닫힌 겨울을
맥박치며 빛나게 하는 문들이여
나를 붙잡고 놓아주지 마라

잎이 없는 회색나무 숲과 어우러지는
저 밝은 빛의 사다리
7,500Gates의 주황색은
어디 한 줄기 샛노란 햇살에
비할 수 있으랴

문틀이 황금빛으로 퍼져 그대들은
선택된 나라의 신선한 문이 되리니
불가리아와 모로코에서 한날에 태어난
크리스토와 잔 클로드의 찬란한 동행이여

뉴요커에게 새로운 문을 열어젖히는
때로는 로마군대의 행렬이 되고
동학란의 횃불이 되는
숨막히게 아름다워라
빛의 축제여!
문들의 눈물이여!

측백나무頌

뒤안에 측백나무 쓰러지던 밤
이십사 년을 버려진 채 혼자 크고 늙어
마른버짐, 목마름도 몰랐었네

진초록의 목쉰 노래도 못 들었네
우리가 처음 만났을 때
찰랑찰랑 봄볕이고 흰 다리 드러내
안겨왔었지
젊은 가지에 바람이 들면 머리카락 휘날리며
그늘을 드리웠지
꽃밭을 일구고 푸성귀를 심으면서
거기 취해서 너를 잃어버렸어
그래도 말없이 엮은 한생을
속뼈 드러내고 꺾이고 말았지
이제야 폭풍을 안아보려던 그 몸부림을 알았네
밤이면 홀로 맞던 찬 서리를
샌디와 마주 서 전사로 싸우다가
그날 크게 소리지르며 쓰러진 주검 위에
찬 눈물 한 방울 덮어 보내주던 인색했던 날

어린 측백나무 한 그루 품안에 키운다

사진 두 장

우리 응접실에
사진 두 장 액자에 갇혀 있다
시어머님, 남편, 조연현 선생님 곁에
분홍 드레스 떨쳐입고
육영수 여사 모윤숙 선생님 앞에서 시 낭송하는
스물아홉 살 꽃다운 청춘이었던 내 모습
바람이 몇 차례 불어닥쳐 여기까지 밀려와
애틋했던 것 삭고 삭아 먼지로 남아 있어
둘러보니 나 혼자만 남아 있구나
더운 달을 베고 누워 시간을 갉아먹히고
내 이마를 적시던 빗줄기와 햇살
어둡던 날 꿈꾸던 새벽은 어디 가고
그는 모자도 없이 먼 길을 떠났다
그래도 버티고 있는 튼튼한 살과 뼈
사진마다 색칠해 살아나게 하고
그는 아직도 지붕을 뚫고 내려오는 빛살이다

오늘 하루 설레며 지금 환해서
두 아들 어깨 기대어

어진 과거 끌고 갈 수레 하나 만든다

행렬

우리 동네 잔디들은 짧고 푸르다
깃발도 없이 행진하는
그들은 말이 없다
흑인촌 아파트 창밖에 널린 빨래
그 남루함에 몸을 떨던
동양 여자는 이제 사위어가서 한 포기 잔디로 서 있다
브라스 심포니 1번 1악장이 던지는 예포(禮砲)는
명중하여 꿈속으로 들어오고
말없던 행렬은 몸부림치며
끝없이 광장을 향해 돌진한다
우우우 바람소리도 길고 우렁찬데
함께 벼락을 맞고도 이어지는 우리는
알고 보니 혈육이다
가장 길었던 밤은 지나고
잔디 위에 이슬은 햇볕을 과식한다

물김치

남태평양 볕에 여문 무가
중국배추 연한 살을 핥아
한통속이 된다
까치집 둥지가 있는 과수원에서
한국 사람 손때가 묻은 배와
다시 한몸이 된다
오래 알고 지내는 사람들은 유유히 같아져서
우리의 꿈을 묻은 땅을 함께 파내고 있다

언젠가 동포를 알아보지 못했지만
밥상 위로 올라온 반찬을 보고
나도 이미 그 물김치에 반해가고 있다

제 맛을 버리고
유년의 이슬, 목을 간질이던 실바람도
여지없이 버리고
유리 항아리와 출렁거리며 그윽하게 깊어가는
물김치 맛으로 어울려 우리들은 한통속이 된다

열하나라는 숫자

흠집투성이 돌 하나
내 살 속에 스며들어
곰팡이 바이러스도
싱싱한 꽃으로 둔갑하는 일 보았네
우리집 솟대 되어 둘이 한곳을 바라보는 11

그해에도 추위가 늦게 와서
동짓달에도 따뜻했었네
흰머리에 어진 시어머님
연탄불에 미역국 맛나게 끓여주시고
열하루에 태어난 후손
비틀거릴 때마다 기도로 잡아주셨네

당신을 못 잊어해도 소용없는 이 세상
물굽이마다 서서
손사래로 물길을 잡아주시는
세포에 박힌 돌도 이슬이 되게 하시는
열하나에 밀봉된 나의
피

고양이는 색맹을 앓는다

우리집에 놀러 오는 고양이는
여름마다 색맹을 앓는다
화초밭의 색깔 모두 빨아먹고
물기마저 흡수한 그의 눈은
은빛만 보인다
찬란한 세상을 흑백으로 뒤집어
꽃 피고 지고 이파리들 새순도
적요함으로 다스려 밑그림만이 선명하다
여름은 온통 은빛 빗방울이 되어
가는 길을 묻고 있는데
몸의 주름살 펴서 찬물에 헹구는
색깔이 없는 황홀함이여
윗동네 클린턴이 사는 차파과 집값같이
계절은 정확한 현찰이다
가늘고 굵은 선이다
가끔 우리집을 기웃거리는
고양이의 눈에 보이는 빗방울은 은빛 꽃이다

바람과 파도만 가득 실린 해적선

바다는 잔잔하다.
낡은 깃발에서
늙은 여자의 하혈 자국이 보인다.
노획한 물건들은 여기저기 던져져 있고
선장은 밤바다를 바라보고 서 있다.

곤두박질치며 쫓아갈 배 한 척도 없는
빈 바다엔
은대구 한 마리 없고 쳐들어오는 고래떼가
앰뷸런스 소리를 낸다.

콧수염을 기른 선원은
녹슨 칼 한 자루를 바다에 던져
병든 고래에게 임종을 선물한다.

바람이 불기 시작하여
물살은 거세지고
새벽 해적선엔 바람과 파도만
가득 실려 있다.

시간을 현상하는 필름엔
금은보화가 달빛에 녹아 있었다.

꽃 수리공

바람에 시든 여린 꽃잎 하나
입김 불어넣는
나는 평생 꽃 수리공

가녀린 대궁 뼈에 주사를 놓고
사위어가는 촉수에 힘살을 보태어
잎 위를 긁은 칼자국을 꿰맨다
치과의사가 이빨을 수리하고
미장이 지미가 앞마당을 고치듯

몸을 이루는 살과 잠과 적멸
죽음에 엉겨 찢어지는 꽃의 몸에
가는 바늘 비단실로 수놓아가지만
얼마나 갈는지

우리가 함께 누리던 미움도 어루만지는 날이 오리니
슬픔이 없는 순간을 꽃술에 꿰어 목에 걸고
잠들지 못하는 세상에서 함께 나누어
철따라 바람에 새옷을 갈아입히지만

보수도 없는
꽃 수리공

D 트레인

열 가지 이상 언어가 떠다니는 공간
헐벗은 낭만이 보인다.
서반아어로 노래하는 여인 옆자리에서 읽는 쉼보르스카
연습 없이 태어나서 훈련 없이 죽는 구절이
열 개의 말로 번역되는 노랫소리다.

당신들이 두고 온 중동 어느 나라
북유럽의 폴란드
그리고 사우스코리아도 함께 갇혀 있는 사십 분.
옥죄는 공기 속으로 조국의 평야가 펼쳐진다.

전 세기의 독립투사처럼 단단한 이름 내 나라 들길
그래도 불우 어린이를 돕는다는 청년에게
손을 떨며 건네는 일 불에 받아든 오레오라는 과자 한 봉지
문이 열리고
다시 기약 없이 헤어지는 사람들은 표정이 없다.
여기는 뉴욕 곰탕집이 줄서 있는 코리아타운 정거장.

이별을 헤쳐나가는 활

활을 들고 벌판으로 간다.
시위를 당길 때까지 눈물을 흘린다.
화살은 늪지를 지나 무한창공으로 줄을 긋고
당신의 領에 도달한다.
화살촉이 꽂힌 계절에 함께 꽂혀
먹는 일 웃는 일이 당신에게 미안해서
다시는 되돌릴 수 없는 시간의 자리에 조용히 묻힌다.
세상에는 눈이 내리고 새벽에 잠이 깨면
가슴 언저리에 찬 이승이 철썩거린다.
5번가 기름진 거리에 황홀한 등이 켜지고
우리가 도저히 당도할 수 없던 티파니 진열장이 빛나고
그래도 그래도 가만히 누워서 별을 본다.
당신의 領에 별이 들 때까지
쏘아올린 화살로 우주에 구멍이 날 때까지
서로 배밀이하며 일어서는 날
떠나지 않으면 만날 수 없는 질긴 줄을 끊을 때까지
활 속에 갇히어 활이 된다.
언제나 당신을 처음 만났을 때처럼
활이 되어.

조선 고추

삼십 년 넘게 태평양을 건너 물결 타고
조선 고추 한 그루 이 땅에 당도했네.
파도 칠 때마다 휘청거리는 수족
허공에 심겨져 실뿌리 내렸네.
오리나무가 청청한 하늘을 찔러도
한반도에 이는 황사바람에
발 담그고 자라는 토종 고추
그 매운 맛.
뉴욕의 바람과 한몸 되려
억울하고 독한 것 삼키고 삼킨
어질고 흰 고추 꽃이 지고
톡 쏘게 매운 고추 한 알
당신의 몸에서 담금질로 익어가는
가늘디가는 핏발 선명하네.

아니라고 손사래쳐도 고추 모종 한 그루에
매어달린 맵고 아린 우리는
영락없는 조선 고추가족.

발문

디아스포라의 삶

신경숙(소설가)

김정기 선생 성함을 처음 들었던 것은 몇 년 전 미국 플로리다에서 잠시 귀국한 마종기 선생과 점심 먹는 자리에서였다. 그때 나는 안식년을 맞이한 식구를 따라 뉴욕에서 일 년쯤 지낼 계획을 가지고 있었다. 짧게는 일주일 길게는 한두 달가량의 여행은 자주 했으나 장기 체류는 처음이어서 뭔가 좀 막막하던 참이었다. 떠날 날짜가 두어 달밖에 남지 않았는데 거처도 무엇도 정하지 못한 채 우왕좌왕하고 있는 내 상황이 안타까웠는지 마종기 선생이 뉴욕에 살고 있는 믿을 만한 분이라며 선생을 소개해주었다. 며칠 여행을 가는 게 아니라 낯선 곳에서 일 년쯤 지낼 생각이면 그쪽에 살고 있는 분의 도움이 종종 필요할 거라 여긴 것 같았다. 시를 쓰는 분인데 뉴욕 문인들의 대모 역할을 하고 있는 큰 분이라고 했다. 처음엔 그저 처음 듣는 분을 진심을 다해 열심히 소개해주는 마종기 선생의 얼굴을 빤히 바라보기만 했다. 일면식도 없고 나보다 나이가 훨씬 많은 분에게 어찌 도움을 청하나 싶어서.
　며칠 후에 선생으로부터 먼저 이메일이 왔다. 선생의 따뜻하고 다정한 문투에 용기를 내어 답장을 썼다. 일로써가 아니고서야 더이상 새로운 사람과의 내밀한 관계가 시작되는 일이 있을까 싶은 나이가 되었다고 생각했는데, 그때부터 나의 뉴욕 생활은 하나에서 열까지 선생의 도움을 필요로 했다. 머무를 거처를 대신 알아봐주었고, 필요할 법한 것들을 땅에 떨어진 바늘을 줍듯이 꼼꼼히 챙겨주었고, 낯선 공항에 마중을 나와주었다. 선생을 처음 만난 JFK공항이 생각난다. 어찌나 반갑게 맞이해주시는지 마치 엄마 닮은 이모네 집에 방문한 기분이었다. 선생이 렌트해놓은 집에 도착해서 냉장고를 열어봤을 때 내 눈이 휘둥그레졌다. 바로 그날 저녁밥을 지어먹어도 될 만큼 냉장고에 반찬들이 칸칸이 채워져 있었으므로. 그렇게 선생 덕분에 나는 첫 해외 장기 체류 생활을 별 어려움 없이 시작했다. 선생이 새것이 아니라 헌것이라고 미안해하며 두고 간 전기밥솥으로 돌아올 날까지 밥을 지어먹으며.

가끔 선생을 만날 때마다 나는 등을 곧추세우며 긴장하곤 했다. 서울에서 내가 미처 놓치고 읽지 못하고 지나갔던 시집이며 소설 들을 선생이 거의 모두 꼼꼼히 챙겨 읽은 후 독후감을 말하고 내게 의견도 구해서였다. 급기야 어느 날은 선생이 『몰락의 에티카』에 등장하는 시집들을 차례로 말씀하시는 통에 어찌된 셈인가 물었더니 그 책을 교재로 뉴욕의 중앙일보 문화원에서 시 창작 수업을 하고 계셨다. 모국어와 멀리 떨어져 사는 시인으로서의 절박함이 모국어로 된 새 책들에 더 몰입하게 하는 모양이었다. 선생에게서 자꾸만 멀어지는 모국어와 조금이라도 가까이 있을 수 있는 가장 좋은 방법이 선생에겐 시 쓰기와 읽기였던 듯하다. 선생의 독서는 시 소설 비평을 가리지 않았다. 뒤늦게 선생이 쓴 시들을 찾아 읽으며 나는 자주 나의 좁은 책 읽기 방식에 부끄러움을 느끼곤 했다. 단 한 번도 모국어를 떠난 적이 없었기에 내게 모국어란 당연한 것일 뿐, 잊지 않으려고 가까이 있으려고 노력해야 되는 것이 아니었다. 모국어와 떨어져 살면서 모국어로 글을 쓰는 것, 그것도 시를 쓰는 입장에 대해서는 생각해본 적이 없었으니 내가 선생의 글쓰기를 어찌 다 이해하겠는가. 모국어인 독일어가 그리워 숨이 가쁠 지경이 되면 어디에 살든 독일로 건너가 시끄러운 선술집에 홀로 앉아 있곤 했다는 파울 첼란의 고독을 다시 떠올리게 된 것도 선생 때문이었다.

> 쓰라리다, 라는 어휘를 잊어먹고
> 경마장으로 쇼핑몰로 찾아 헤맸지만 찾을 길 없어서
> 집에 와서 펼쳐본 낡은 책자에서 찾아냈구나
> 모국어를 어루만지며 그 하늘에 깃발을 꽂았지만
> 아직 몽고반점의 아이들이 초록빛 바닷물에
> 두 손을 담그다가 지독한 사춘기를 치르는 거리
> 조금씩 일렁이고 있는 부드러운 옷고름이 보이지만
> 단단하고 건조한 풍경에 기함한다
>
> 두고 온 하늘의 황홀하던 노을
> 주름진 손등을 어루만지니 저버리는구나
> ─「디아스포라의 노을」중에서

몸은 서울에서 비행기로 열네 시간이 걸리는 머나먼 땅에 살면서도 생각이나 습관은 삼십오 년 전 서울을 떠나기 전 그때의 시간에 맞춰져 있는 삶. 어쩌면 수만 번도 더 웅얼거렸을 자신의 마음을 가장 적절하게 표현해주던 쓰라리다, 라는 말을 어느 날 잊어버려 발음할 수 없다는 것을 깨달았을 때 시인인 선생이 할 수 있었던 일은 낡은 책들을 뒤적여보는 것뿐이었을까. 낡은 책 속에서 잊어버린 쓰라리다, 라는 모국어를 찾아내 다시 새기는 순간 가슴을 치고 지나갔을 그 서늘한 고립을 나는 그저 짐작만 할 뿐이다. 선생의 시들은 그렇게 긴 세월 모국어와 떨어져 사는 동안에 발생한 안타까움이 언어 사이에 구름처럼 떠다닌다. 함께 있지 못하기 때문에 과거의 기억은 오히려 더욱 선명해지고 현실은 부유하기 마련이다. 한 덩어리일 수밖에 없는 게 모국어와 시인의 운명이나 선생에게는 떠나는 말을 붙잡기 위해 시를 쓸 수밖에 없는 운명을 살아왔다고 할 수도 있다. 그러자니 어느 하루라도 어깨가 무겁지 않은 날이 있었겠는지. 내가 선생에게 해드릴 수 있는 일이라곤 선생이 집중해서 시 이야기를 할 때 귀 기울여 들어주는 것뿐이었다. 그러면서 알게 된 것은 때로 어떤 것들은 너무 가까이 있으면 익숙해지기 때문에 대상이 회복할 수 없을 정도로 훼손되어도 눈치채지 못하는 일이 허다하다는 것. 선생과 가까이 지내는 동안 나는 내가 잃어버린 모국어들이 훼손되기 이전의 것으로 고스란히 나에게로 돌아오는 순간들과 만나곤 했다.

한국에서 살고 있는 사람들보다 한국적인 것들을 더 원초적으로 지키고 있는 풍경들을 보라.

더욱 싱싱해지는 강아지풀, 벼포기 사이를 뛰노는
메뚜기들도 사람 냄새가 그리워 알을 깐다.
―「사람의 마을」 중에서

서쪽에서 불어오던 바람결, 출렁이던 바닷물결
오늘 시장에서 사온 소금봉지에 쓰여진
인천항에서 당신을 보낼 때 깃발로 날리던 남빛 글씨
서해 바다 소금
달빛도 주저앉은 바닷가 염전에서 몸을 굳히던 짠맛
여기까지 찾아와 펄펄 살아나던 나의 지난날을 절여주는구나.
―「서해 바다 소금」 중에서

오래전 산수유꽃에 이슬로 내려와
가슴이 빨간 새의 지저귐에 흘러
실개천 돌 틈 사이에 몸을 적시고
금강의 상류로 동해 바다로 떠다니다가
대서양 구름떼에 섞어버렸다.
―「물의 이력서」 중에서

어머니 뼈 묻힌 그 산으로

보리이랑에 푸른 바람이
물결치는 들판으로
연잎에 물방울이 구르는 호수로
그대의 총알이 명중한 현장으로
암으로 투병중인 문단 선배의 정릉 자택으로
충청북도 버들강아지 눈뜨는 계곡으로
봄눈이 되는 우리 가족의 땅으로
—「망명가족」중에서

떠난 그 시간에 정지되어 있는 시인의 기억들과는 달리 두고 온 풍경들은 수시로 변하고 사라지고 드디어는 시인의 발자국마저 잊어버린 채 흘러간 날들이 삼십몇 년. 드디어 시인도 필사적으로 '그이'라는 고국을 잊어버리고 버려보려고 한다.

오늘 아침
떨리는 손으로 그이의 칫솔을 버렸네

물망초다방에서 살짝 보이던
스물여섯 살 그이의 덧니
그 풋내를 버렸네

잘생긴 입언저리
달콤한 밀어를
버렸네

내 눈에 띄지 못하게
　　그이가 몰래 닦아 끼우던
　　부분틀니를
　　버렸네

　　그이를 버렸네
　　나를 버렸네

　　차마 눈을 못 뜨고
　　버리느라 두번 세번째에야
　　버려졌네
　　　　　　　　―「칫솔을 버리고」 전문

 겨우 버리는 것 같았으나 그이만 버리는 게 아니라 나조차 같이 버려 오히려 버린 줄 알았던 그이와 결속이 더 깊어진 삶. 아마도 이것이 이방인으로서의 선생의 삶이 아니었을까 짐작해본다.

 그러다가 어느 날 우연히 선생이 조국이라고 부르는 이 땅을 떠나 살게 된 것이 자의가 아니라 타의에 의한 것임을 알게 되었다. 선생의 남편이 육군 현역 장교로 외교관 발령을 받아 유엔 한국대표부에 근무하고 있을 때 10·26이 터졌고, 선생의 남편은 외교관에서 하루아침에 '국가원수를 살해한 대

역죄인의 측근 제1호'의 죄명이 붙게 되어 강등되고, 가족 또한 외교관 가족에서 하루아침에 이국땅에 불법체류자 신분으로 남게 되었다는 것을. 우리 현대사가 남긴 비극이 선생의 인생을 정면으로 관통해 지나간 것이다. 1979년이면 지금으로부터 삼십오 년 전이다. 촉망받던 시인으로 활동하던 갓 마흔 나이에 삼 년 기약으로 이 땅을 떠났던 선생은 지금까지 단 한 번밖에 이 땅을 밟아보지 못했다. 삼 년 후면 다시 돌아갈 꿈으로 그대로 두고 온 옛집의 대문은 타인의 것이 되고, 그 집으로 가는 골목이나 그 집 마당에 피어 있던 꽃들도 선생의 자취를 잊고 새 주인의 체취를 담았다. 선생의 남편은 자신을 강등시킨 조국에 다시 발을 디뎌보지 못하고 세상을 떠났다. 처음 십칠 년 육 개월은 가고 싶어도 갈 수 없는 고국이었고, 이후에는 고국에서 잊힌 사람으로 돌아갈 데가 없었던 삶. 당시 중학생이었던 자녀들은 선생이 고국을 떠나던 때의 나이가 되었고, 선생도 이제 칠십대 중반이 되었다. 가끔 서울에 한번 오셔야 되지 않느냐고 말하면 선생은 말끝을 흐리며 다른 이야기로 말머리를 돌리곤 했다. 어떤 이야기를 해도 그 말씀 안에는, 나는 고국에서 잊힌 사람이라는 뜻을 품고 있었다. 정작 선생 자신은 분노도 서운함도 남아 있지 않은 듯한데, 이런 사람은 어찌 삶이 그렇게 흘러갔을까? 안타깝고 속이 상했다. 고국으로 돌아갈 수 없는 그 마음은 "쇠 침대에 누워서 바다"로 떠내려가는 마음이었을 것이다. 사십 년을 살아온 땅으로 타의에 의해 돌아가지 못했던 동안 선생의 삶은 이루 말할 수 없이 신산했다. 선생이 고국에 들어올 수가 없고, 형제도 가족도 선생에게 갈 수 없었던 세월 동안 선생에게 남아 있는 건 생존하는 일과 '모국어'로 시 쓰기뿐이었다. 우리의 현대사가 선생의 가족을 이방인의 삶으로 내몬 사연을 알게 되었을 때 나는 나에게 아무 바람도 없이 오로지 보살핌과 배려만 했던 선생의 마음이 어떤 것이었는가를 한순간에 깨달았다. 선생에게 서울에서 온 소설가인 나를 만나는 일이란 곧 당신의 '모국어'를 만나는 일이었던 것이다.

선생과 만난 지 일 년 후에 나는 다시 서울로 돌아왔다. 내 책상 위에는 선생이 내게 건네준 성경이 올려져 있었다. 또 세월이 흘렀다. 신새벽에 불현듯 뉴욕의 선생에게 전화를 걸고 싶은 마음도 지나갔다. 뒤늦게 전화기를 들여다보면 선생의 뉴욕 전화번호가 찍혀 있는 날도 있었다. 그렇게 또 세월이 흘러갔다. 그러다가 어느 날 어떤 슬픔처럼 뉴욕에서 서울의 내게로 당도한 선생의 시들을 읽는 중에 나는 조용해졌다.

옛날. 옛날 구성동 입구 쑥밭(蓬田)마을에는 착하고 부지런한 노인이 농사를 지으며 가난하나 즐겁게 살고 있었다. 어느 날 노인은 나무하러 산으로 들어갔다가 초립동자를 만나 그의 뒤를 따라갔다. 깊은 계곡으로 들어가니 초당이 하나 나왔는데, 이 초당에는 월명수좌(月明首座)라는 신선이 살고 있었다. 그 신선은 노인을 반갑게 맞이하면서 대접할 것을 만들겠다면서 콩 몇 알을 가지고 산 능선으로 올라갔다. 신선이 심은 콩은 짧은 시간에 싹이 트고 자라 노인이 보는 앞에서 열매가 익었다. 신선은 콩을 따다가 두부와 음식을 만들어 노인을 대접했다. 노인은 풍성한 대접을 받고 정담을 나누느라 집에 돌아가는 일을 잊어버렸다. 얼마쯤 놀다가 집 생각이 나서 신선과 이별하고 돌아와보니, 노인이 살던 마을은 모습이 변하고 낯선 사람들이 살고, 자기가 살던 집은 보이지 않았다. 마을 사람들에게 물었더니 기억을 더듬으면서 노인들이 돌아가신 지는 여러 대 이전의 일이고 그 후손들은 다른 곳으로 이사를 갔다고 하였다. 노인이 살던 집터에는 사람이 살지 않아 쑥이 자라 쑥밭이 되어 쑥대만 우거서 있었다.

나는 어디서 놀다가 왔기에 사방이 쑥대밭인가.
―「쑥대밭」 전문

나에게 시는 어떤 한순간에 깊은 침묵을 느끼게 하는 것이기도 하다. 뭐라고 설명은 할 수는 없지만 나로 하여금 남아 있는 말마저 삼키게 만드는 것. 분석할 수 없지만 그늘과 빛이 마음에 닿아 혹 이것이 인생일까, 짐작되어 분주한 움직임을 정지시키는 것. 그것은 때로 발견이었다가 허무였다가 슬픔이었다가 아름다움이었다가. 종내는 어떤 경계를 허물며 앞으로 나아가게 하는 것, 나에게 시란 그런 것이기도 하다. "나는 어디서 놀다가 왔기에 사방이 쑥대밭인가"라는 구절과 오래 눈 맞추는 동안 어느 여름날 커피집을 찾아 함께 걸었던 뉴욕의 5번가에서 마주치게 된 선생의 허망한 뒷모습이 겹쳐졌다. 빌딩숲에서 발견한 선생의 고단한 등. 그 등은 잠시 머무르며 경험하다 살던 곳으로 돌아가고자 했으나 어느 날 갑자기 문을 닫아건 고국 바깥에서 삼십오 년을 떠도는 처지로 살아낸 세월을 고단하게 떠받친 채 사막의 낙타 등처럼 굽어 있었다. "나는 어디서 놀다가 왔기에"라고 쓰면서 쓰라린 마음을 속 깊이 접었을 것이다. 선생의 개인으로서의 삶과 시인으로서의 삶을 읽는 일은 편치 않다. 모두들 떠나거나 소식이 끊기고 먼지를 뒤집어쓴 쑥대들만 우거진 곳에 혼자 서 있는 선생의 모습이 보이기 때문이다. 선생은 오지 못했지만 선생이 쓴 시들은 고국에 당도하여 이렇게 내 마음에 깊은 침묵을 이루어놓는다.

원컨대 떠날 때의 모든 것이 제자리에 없는 고국이지만 세월이 더 흐르기 전에 선생이 한 번은 이 땅에 발을 디뎌볼 수 있으시기를. 그리하여 봉인된 고국과의 모든 이별들과 현재로서 온전히 해후하시기를.

| 시인의 말 |

 시는 나의 온갖 남루함을 덮어주고 숨결을 조정해주는 수줍음이다.
 고국을 떠난 지 삼십오 년, 황무지에서 우리말과 눈이 마주칠 때마다 내 시선의 떨림과 황홀함으로 서툴고 약한 시를 지키면서 자랑스럽고, 그래서 행복하였다.
 여린 꽃잎 같은 시 한 구절에 입김을 불어넣었던 나의 평생이 부끄럽지만 따뜻하다.
 몇 해 전 외곽에서 희미하게 바라보던 한국문학의 싱싱한 성장을 평론집에서 똑똑히 발견하였다. 몰락하는 자가 지킨 하나를 위해 열을 버린 하나는 아무도 파괴하지 못한다는 참혹하게 아름다운 논리에 뜨거운 눈물을 쏟으며 시에 대한 진심 어린 애정으로 세상과의 불화를 녹였다. 상처와 방황의 기록인 시는 기진맥진한 내 삶을 이길 수 있도록 조심스럽게 내 곁을 지켜주었다.

집 앞 뜰에는 다시 6월에 피는 꽃이 피고 사십 년도 넘게 동행하던 분의 빈자리가 아프다. 휘청거릴 때마다 뜨겁게 손을 잡아주시는 하나님께 머리 숙여 감사를 드린다.

그동안 버팀목이 되어준 귀한 인연들과 소중한 가족, 이 땅에서 함께 모국어로 글을 쓰는 아름다운 친구들에게 진정으로 고마움을 전해드린다.

어두운 나의 일상에 이 찬란한 선물을 마련해준 신경숙 선생과 문학동네에 깊은 고마움과 축복을 기도드리며……

김정기

1972년 『시문학』에 시가 추천 완료되어 등단했다. 2004년 미주문학상을 수상했다. 미동부한국문인협회 회장을 역임한 바 있다. 뉴욕 AM라디오 코리아 양서추천을 16년간 방송했고 현재 중앙일보 문학교실(뉴욕 뉴저지)을 14년 동안 담당하고 있다. 시집 『당신의 군복』 『구름에 부치는 시』 『사랑의 눈빛으로』 『꽃들은 말한다』, 자전 에세이집 『애국가를 부르는 뉴요커』가 있다.

빗소리를 듣는 나무
ⓒ 김정기 2014

초판인쇄 2014년 6월 12일
초판발행 2014년 6월 25일

지은이 김정기
펴낸이 강병선
책임편집 정은진 | 편집 조연주 엄현숙
디자인 윤종윤 유현아 | 마케팅 정민호 나해진 이동엽 김철민 조영은
온라인마케팅 김희숙 김상만 한수진 이천희
제작 강신은 김동욱 임현식 | 제작처 영신사

펴낸곳 (주)문학동네
출판등록 1993년 10월 22일 제406-2003-000045호
주소 413-120 경기도 파주시 회동길 210
전자우편 editor@munhak.com | 대표전화 031) 955-8888 | 팩스 031) 955-8855
문의전화 031) 955-3576(마케팅) 031) 955-8864(편집)
문학동네카페 http://cafe.naver.com/mhdn | 트위터 @munhakdongne

ISBN 978-89-546-2505-0 03810

* 이 책의 판권은 지은이와 문학동네에 있습니다.
  이 책 내용의 전부 또는 일부를 재사용하려면 반드시 양측의 서면 동의를 받아야 합니다.
* 이 도서의 국립중앙도서관 출판시도서목록(CIP)은 서지정보유통지원시스템 홈페이지
  (http://seoji.nl.go.kr)와 국가자료공동목록시스템(http://www.nl.go.kr/kolisnet)에서
  이용하실 수 있습니다.(CIP 제어번호 : 2014017182)

www.munhak.com

문학동네 시집

김남주	옛 마을을 지나며	김시천	마침내 그리운 하늘에 별이 될 때까지
김영현	남해엽서	이산하	천둥 같은 그리움으로
박 철	새의 全部	서동욱	랭보가 시쓰기를 그만둔 날
하종오	쥐똥나무 울타리	마종하	활주로가 있는 밤
김형수	빗방울에 대한 추억	김명리	적멸의 즐거움
서 림	伊西國으로 들어가다	김익두	서릿길
염명순	꿈을 불어로 꾼 날은 슬프다	박이도	울숙도에 가면 보금자리가 있을까
이동순	꿈에 오신 그대		
안찬수	아름다운 지옥	정영선	장미라는 이름의 돌멩이를 가지고 있다
박주택	방랑은 얼마나 아픈 휴식인가		
신동호	저물 무렵	윤희상	고인돌과 함께 놀았다
손진은	눈먼 새를 다른 세상으로 풀어놓다	최갑수	단 한 번의 사랑
		이윤림	생일
유강희	불태운 시집	양정자	가장 쓸쓸한 일
최영철	야성은 빛나다	박 찬	먼지 속 이슬
문복주	우주로의 초대	서 림	세상의 가시를 더듬다
권오표	여수일지(麗水日誌)	윤의섭	천국의 난민
하종오	사물의 운명	박 철	영진설비 돈 갖다 주기
주종환	어느 도시 거주자의 몰락	김철식	내 기억의 청동숲
오세영	아메리카 시편	박몽구	개리 카를 들으며
이윤학	나를 위해 울어주는 버드나무	김영무	가상현실
이재무	시간의 그물	양선희	그 인연에 울다
윤 효	게임 테이블	조창환	피보다 붉은 오후
고재종	앞강도 야위는 이 그리움	김영남	모슬포 사랑
이명찬	아주 오래된 동네	윤제림	사랑을 놓치다
정우영	마른 것들은 제 속으로 젖는다	강연호	세상의 모든 뿌리는 젖어 있다
함명춘	빛을 찾아나선 나뭇가지	한영옥	비천한 빠름이여
심호택	미주리의 봄	이희중	참 오래 쓴 가위
하종오	님	이순현	내 몸이 유적이다